この夜、愛はどこにあるか。希望はどこにあるか。
いや、愛も希望も要らぬ。説教も要らぬ。共感も要らぬ。数字も要らぬ。

せめて、永遠はどこにあるのか。
私たちは携帯を握り締めている。
インスタを見る。ツイッターを見る。映画を見る。
あるいは夜道、月を見上げては舌打ちする。
携帯を握り締めなくてもいい、そんな真夜の到来を待ち望みながら。
永遠に記憶に残るような思い出を欲して。

さもなくば、世界の終わりを待ちながら。

我々乙女は、戦争をする。

目次

第一章　星にも屑にもなれないと知った夜に　11
第二章　携帯を握り締めても思い出はできない　21
第三章　誰でもいいから傷つけたかった、傷つけられたかった　51
第四章　君も一人かと夜は言った　73
第五章　愛は脅迫状　109
第六章　寂しいって言ったら死刑になる星で　113
第七章　悪い恋　139
第八章　美しくない街の、美しくない夜の、美しい私たち　157
第九章　ふたりきりにはなれないふたり　179

第十章　おまえに好かれるために生きてる訳がねえだろ　207
第十一章　七号館のテロリスト　225
第十二章　真夜中乙女戦争開始宣言　239
第十三章　ヴィヴィッド・ピンクの悪意と愛を込めて　259
第十四章　狂　273
第十五章　「愛していない、愛していない、愛していない」　287
第十六章　絶望はサンタクロースのように　313
第十七章　夜が明けるまでに愚か者どもが告げるべき愛は　327
解　説　二宮　健　344

この作品はフィクションです。実在の人物・団体とは関係ありません。でも、おまえはいつか死ぬ。死ぬ前に本当にやりたかったことはなんですか。最後にセックスしたのはいつですか。最後に何かを愛したのはいつですか。最後に悪足掻きしたのはいつですか。ところでこの一節も、この物語とは関係ありません。

写真

F

Luke Peterson Photography/Getty Images (p.12)
kelly ishmael/Getty Images (p.314)
Licensed by TOKYO TOWER

ブックデザイン

吉岡秀典（セプテンバーカウボーイ）

第一章

星にも屑にもなれないと知った夜に

もし大学一年生の四月の頃の自分に戻れたならば、どんな後悔を大人は語るだろう。「もっと写真を撮っておけばよかった」「もっと日記を書いておけばよかった」「安さだけで服や家具など買うべきではなかった」という後悔があれば、「好きなバンドのライブには行くべきだった」「寂しさだけで人に会いに行っておけばよかった」「もっとだめなお酒をだめに飲んでおけばよかった」という後悔もある。「体力がある内に夜更かししておけばよかった」「執念がある内に読書しておけばよかった」「気概がある内に旅に出ておけばよかった」なんてありきたりな後悔もあれば「紳士淑女の振りなどせずあの夜セックスしておくべきだった」「一度や二度は危ない恋愛をしておくべきだった」なんてあられもない後悔まで存在するに違いない。「他人のSNSを見て苛立つ時は自分の精神の不調を断じて認めたくない時だった」し、そうならぬよう「ちょっと行き詰まった時はケーキ、あるいはステーキを食べる、もしくは前髪を切る、部屋を掃除する等々簡易な解決法を幾つか持っておくべきだった」。そして、きっとこれから先、これだけは変わらないだろう。「携帯を握り締めても思い出はできない」のだ。じゃあ、どうすればよかったのか。「もっと恥を掻いておけばよかった」のか。そんなことは誰だって知っている。当たり前のことだ。

当たり前のことは当たり前過ぎて何度だって忘れてしまう。

臨終間際に後悔するであろうこともきっとたかが知れてる。「残業を避けてもっと子供と過ごすべきだった」「もっと親の我儘を聴いてやるべきだった」あるいは「もっと早く癌検診に行くべきだった」が妥当な後悔か。肺、大腸、胃、膵臓、肝臓の部位順に、人間は癌で死ぬ。それでも恋だの愛だのが最後は私たちを救ってくれるのだろうか。事実、後悔まみれになりながら病院のベッドで死ぬ間際、枕元でたった一人の愛する人間に「そんなあなたも愛していた」と言われたなら、こんな人生規模の後悔から自由になれるのだろうか。いつかそんな一人と出会えるまで、たった一人で美しい振り、寂しくない振り、強い振りなどを続けて続けて、そんな自分の演技を見抜く人に出会った日にはもう甘えていいのだろうか。

なんと素敵で、なんとくだらない人生なんだろう。

幸いなことに、これらの後悔と私は生涯無縁だ。もう二度と親と会うこともないし、ましてや子供を育てることもない。私が志望する会社も、私を採用するような会社も現れることはない。私と結婚してくれる人間は無論、恋愛を試みる奇特な人間が現れることもない。

そもそも、私が好きな人間は、私なんかを好きにならない。

この世は壮大な片思いだ。地球は秒速約三〇キロメートルで太陽を周回する。地球とよく似た惑星が地球から三十九光年離れた場所に七個も発見されたらしい。もちろん、その惑星と通信する手段はない。私たちは時に宇宙のことを考え、時に眠れなくなる。なぜなら私たちが宇宙のことを考えても、宇宙は私たちのことを一秒たりとも考えていないからだ。落ちてくる筈（はず）だった隣の国からのミサイルはいつまでも落ちてこない。『君の名は。』ばりの隕石（いんせき）が落ちてくる時はきっと私たちは笑うしかないだろう。その時は、隕石もミサイルも、地上の私たちと同じ表情を浮かべている。Ｊアラートは笑点のテーマがちょうどいい。

愛は、絶望だ。チャンチャカチャカチャカ、チャンチャン。

でも、絶望は愛ではない。チャンチャカチャカチャカ、チャンチャン。

絶望の正体とは、思うに、愛されたいものに愛されないことでも、愛していないものに愛されてしまうことでも、愛すべきものが何かが分からないことでもない。

愛せども愛されども、私たちはいつか木端微塵（こっぱみじん）に死ぬということだ。

死ぬ日がいつなのか、その瞬間が来るまで分からないということだ。

だからこそ今日が最高の日だと言える。だからこそ今日も最悪な日だと言える。

どれだけ技術が進化し、携帯の機能が進化しようが、自分の寿命を表示してくれる機能がiPhoneに搭載されないのは人類最大の悲劇だと思われる。結局最後には、この世に何も残らない。ハッピーエンドではない映画が、最近滅多に映画館で公開されなくなった理由は一つだ。ハッピーエンド以外許せなくなった社会のせいだ。あるいはディズニーランドのせいだ。もっと言えばディズニーランドに溢れ返る人間どものせいだ。

　ところで、遺灰をロケットに載せて大気圏外に打ち上げる宇宙葬は約三十万円でできるらしい。そのロケットが大気圏内に再突入すれば人間は死後、流れ星になることができる。再突入できない場合、その遺灰は宇宙ゴミとなって何もない空間を延々と彷徨うことになるらしい。人間は星にも屑にもなれなくても、金さえ払えば星屑になれる。星屑にもなれなければ、宇宙ゴミになれる。それも嫌なら、三〇〇グラム分のその遺灰からダイヤモンドを作るのも選択肢の一つだろう。ダイヤモンド葬は最低約五十万円からできる。

　誰だって永遠が欲しいのだ。喉から手が出るほど。

　昔、欲しいもののリストをEvernoteに書き出したことがある。通信制限のない携帯。そもそも携帯なんて弄り回さなくていいような生活。友達。あるいは永遠に死なない猫。百年後も愛せるような服。百年後も使えるような本棚。崩れない顔。身体。どう考えたって永遠が欲しい。なぜならば永遠にはなれないからだ。そうでなければ七億円欲しいが、七億円が手に入ったところで本当に欲しいものが手に入らないことは目に見えている。

手に入れてもずっと大切にできるものだけが大事なものだと聞いたことがある。でも人間はそんな上等にできていない。手に入れようとしても手に入れられないものほど愛おしい。残りの人生で私たちにできることといえば、そんなものに憧れたまま死ぬか、それから目を逸らして生きるか、目を逸らさず、それをぶっ壊すか。この三択しかない。セックスレスの解決法が自慰で我慢か、浮気不倫か、離別、その三択しかないのと同じように。

これから続く私の話は、幸福な人間に用事はない。

……何もかも諦めていた私にも、少しの後悔はあった。むしろ、この後悔しかなかった。

「それにしても、私たちは一体どこから間違ってしまったのだろう」

でも、彼は違った。最初から、すべて。

彼は——そうだ、すべてこの男が悪い、こんな化け物を生んだ東京が、社会が、世界が悪い——最初から後悔という概念など何一つ持ち合わせていなかった。彼は、やる、と言ったら、必ずやる男だった。落ちてくる落ちてくると言われたミサイルがいつまで経っても落ちてこないなら、お手製のミサイルを作って、自分の家から自分の家めがけて笑い転げながら発射するような男だった。だが生憎、ミサイルを作る知識は彼にはない。しかし彼は何をどう滅ぼすべきか精確に知っていた。そしてそのすべてに彼はミサイルに取って代わるものを放った。東京の治安が今後急速に悪化しオリンピックが開催されなかったとすれば、それは彼が原因だし、もしいきなり内定が取り消されたり、人生の転機を賭けた結婚話が破談になったり、会社や学校が閉鎖されたなら、それもすべて彼が原因だ。

「もう大丈夫だ」と彼は言う。

「何も間違っていない」と。

「この国の治安は戦後最悪になる。おまえは黙って星の数でも数えておけばいい」

この世で最も恐ろしいのは行動的な馬鹿である、とはゲーテの言葉だ。でも、この世で最も恐ろしいことは、何もしない馬鹿のまま人生を終えることだ。私たちはそう信じていた。

それにしても、私たちは一体どの時点から間違えてしまったのだろう。

気づいた時には、もうすべてが手遅れだった。

数百万回再生されたポルノ。私たちには名前がない。既読が嫌いな彼女。拳銃。パフェ。文学部の裏の喫煙所。廃墟(はいきょ)に作った映画館。猫。ワルキューレ。攻撃的ドローン。ヴィヴィッド・ピンク色に染め上げられた銅像。試験妨害計画。飛び散った恋文。撲滅(ぼくめつ)されるサークル。日夜の失恋工作。就活内定帳消工作。そのすべての原因である黒服。私たちの私たちによる戦争。

十二月二十五日。真夜中0時。

東京タワーの通常展望台は、私と彼と一匹の猫を除いて、誰もいない。

スチール製のゴミ箱で窓ガラスの一つを叩き割れば、両耳と両頰を切り裂く夜風が展望台の中を急速に満たしていく。冬は寂しさに集中しなくて済む唯一の季節だ。深呼吸すれば膝が震える。何かを全身で感じたい時、鼓膜も網膜も皮膚も邪魔だ。もちろん他にも邪魔なものなんて腐るほどある。クリスマスを好きでも嫌いでもなくなったのは、いつからだろう。かつて愛していた人は、今頃ラブホテルで別の誰かを愛していて、その別の誰かはまた別の誰かのことを考えている。私たちはそうして冬が落ちてくる度、愛の定義に失敗する。

地上一五〇メートルのこの展望台からでも、クラクションの音は微かに聴こえてきた。

もうどこにも帰れない。ポケットに入れた煙草とライター、財布と携帯。財布に入った学生証は、途中の道で捨てておくべきだったかもしれない。携帯も一思いに捨ててしまえばよかった。Wi-Fiで繫がっても下半身で繫がっても、どうせ最後は一人だ。

ここから見える、人間の目線の位置より高いビルに入った、ほとんどすべての建物が我々の破壊計画のリストに入れられている。所詮人間が作ったものだ。人間に壊せないはずがない。レインボーブリッジは封鎖できる。六本木ヒルズも都庁もスカイツリーも火の海になる。LINEなんて消えてしまえばいい。金さえあれば、どんな問題も一瞬で解決できたのかもしれない。でも、私たちの問題は決して金で解決しない。恋でも愛でも時間によっても解決しない。ましてや六法全書や聖書によっても解決しない。解決しようとしても解決できない問題は、問題の根源自体を破壊するしかない。

東京タワーも、あと一分で燃え落ちる。

だがこの話をする前に、私はどうしても、数名の被害者の話をしておかなくてはなるまい。私の話の中では大変些末な役割しか与えられていない、些か不憫な登場人物たちの話である。

大学一年生の春は、私の人生でとりわけ最悪の時期だった。

第二章

携帯を握り締めても思い出はできない

新宿駅構内を迷わず移動する方法も、モネとマネの違いも分かっていない十八歳の私でも、幾つか漠然と分かっていたことがある。たとえば友情は離れてからが本番だし、恋愛は好きとか嫌いとか超えてからが本番で、危ない恋愛は誰にも言えなくなってからが本番だとすれば、おそらく結婚は愛してるけどもう好きじゃなくなってからが本番だろうし、ソーシャルメディアはうんざりしてからが本番、仕事は何のためにやってるか分からなくなってからが本番、だなんて言い続けていると、心が死んでしまうから、適宜サボることも大事だということ。

そして何より、死にたくなってからが人生は本番なのだということ。

そんな私は物語を求め過ぎていたのだろうか。

もちろん人生は物語がなくても生きていける。

いや、私は断じて物語など求めていなかった。『夜は短し歩けよ乙女』の乙女は浮世離れした虚像だと理解していたし『何者』は些か警戒心に欠けた学生諸君の乱痴気騒ぎだと唾棄していた。実家の本棚の一番上の奥にあった『ノルウェイの森』は昭和に流行ったロマンポルノだと思っていた。虚構は虚構、現実はいつも圧倒的現実だ。

主人公がいつまでも運命のなにかと出会えないまま終わる小説が、この世に存在しない理由は三つある。第一、そんな小説は誰も読まない。第二に、その小説は余りに現実的だ。第三に、そんな小説家がいたら第一と第二の理由から、とっくに自殺しているだろう。

たとえ私に友達や恋人が一人もできなくても、憧れるような教授か、騙されてもいいと思えるような人間と一人でも出会えたらそれでいいと思っていた。それだけでいいと思っていた。それさえも贅沢な願いだったのだろうか。求めれば、されば与えられたのか。

四月に一つの物語も期待しないほど、私はまだ完全に人生を諦められてはいなかった。

そうして大学一年生として迎えたこの四月、決して少なくない学生が志望する、この大学のこの講義は、私の淡い期待を完膚なきまでに打ち砕くに十分なほど退屈だった。その余りの講義の質の低さに一日目は驚愕し、二日目は不安になり、三日目は何とか我慢、四日目もまた耐え難きを耐え、五日目も忍び難きを忍んだが、翌週の月曜日に至っても教授本人が書いたらしい値段だけ高い専門書を適当に棒読みし、読めば五分で誰もが理解する内容を九十分に全力で引き伸ばして解説する教授らはその翌日翌々日翌々翌日も代わる代わる優しい拷問官のように教壇に現れたのである。副流煙は主流煙より数倍有害であるというのは有名な話だが、まさにその副流煙が人間を殺すように、退屈もまた人間を殺すに違いない。煙草一本で寿命は五分縮まる。講義一回で私の寿命は九十分消える。そして悲劇は、その悲劇性が中途半端であればあるほど悲劇をより悲劇たらしめる。最悪なことに、悲劇的なこれらの講義は私の人生の本番の到来を意味していなかった。意味しているはずがなかった。

間抜けなチャイム音と共に、相変わらずその日の講義も終わった。

この瞬間、私には、はっきりと見えた。

このまま優等生にも不良にも真面目にも不真面目にもなれず、苦笑いしながら大学を出て、その気色悪い笑みを湛えたまま会社に入り、日夜の通勤電車で何に怒っていたか忘れ、携帯かパソコンを見詰め、思い出したみたいに家庭に入り、生命保険に入り、名誉も地位も財産も手に入れられぬまま、愚痴ばかり零すだけの盆暗となって棺桶に入る、白髪の私の姿が。

「世界で一番危険な行為って、なんだと思いますか」

「テロとかじゃなくて？」

「テロとかじゃなくて、もっと日常的なもので」

「二度寝でしょ」

「なるほど」

「それより、この質問の意図はなんなの」

行為の主体は何、世界の定義は、危険の定義は何、と教授は立て続けに捲し立てる。

知らぬ間に私は講義終わりの教授に話し掛けていた。もう二度と話し掛けることはないと思われたからだ。と同時に、気まぐれに教授に話し掛けたことを早くも私は後悔していた。

「厳密でなくて結構です。直感でお答えください。知りたいんです、教授のお考えが」

「睡眠不足も人類最大の敵かもしれないよね」

どこかで聴いたような話だ。

「YouTubeでもSNSでもアルコールでもなく、睡眠不足なんですか」

「もし睡眠時間が一日六時間切る生活が二週間続いたら、人間の本来の処理能力は一睡もしてない徹夜明けの人間の処理能力と同じくらいに低下するらしいよ。そんな研究論文があるの。でね、徹夜明けの人が日中勝手に不機嫌になって他人のせいにしたり世界のせいにしたりして優しい人に八つ当たりしたり責任転嫁したりすると、今度はその優しい人が睡眠不足になって周りにいた優しい人もまた睡眠不足になって、その連鎖が同時多発して、世界中の人間が雪だるま式に巻き込まれて徹夜明けになって、しまうのよ。そうなったらもう終わり、真夜中が真昼間、真昼間が真夜中になって、色んな歯車が狂っていく。だから、人間は一日八時間は寝なければいけない。世界平和のために」

ミス・ユニバースみたいなことを抜かしやがる。

「嘘でしょう」

たとえ嘘でなくても、綺麗事(きれいごと)を抜け抜けと語られることに、私は極普通に苛立っていた。

「冗談じゃない。本気で言ってるの」

「どうしようもないものって、どうしようもないじゃないですか。眠りなさいと言われて簡単に眠れるなら誰一人睡眠不足にならない。それに、眠ることを忘れるくらい、楽しいことがあった方が良い。人類の敵も世界で一番危険な行為も、もっと他にあるものではないですか」

教授は明らかに、私に対して手加減している。当たり前だ。舐(な)められて当然でもあった。

「私が言いたいのはね、想像力の話。眠れないと世界がさ、敵か味方か、あるいは全員敵でも味方でもないように見えるでしょう。でもたとえば君の好きな人にも大嫌いな人にもたぶん眠ろうとして眠れない夜はあって、誰かと電話をしてても仕事をしていても本当は飛んで会いに行きたい人がいて、それでも二度と会えない人がいて、絶対言わないようにしてることがたくさんあって。それを直接目にすることなんてほとんどない。きっと人間は死ぬまで寂しいんだよ。あんまり寂しいと人は狂って、ありえないことをしてしまう。眠れない夜って、世界で自分一人だけが最悪な目に遭ってると思いがちなんだ。だから死にたくなったらさっさと寝る。それが一番大切なの」と誰から頼まれた訳でもないのに延々とこのようなポエムを呟く教授の視線が私の顔の一点に注がれていることに気づいた。

「僕がそんなに眠っていないように見えますか」

「目の下がすごいことになってる」

「もともとこういう人間なんです」

「それにさっき、私の講義で寝そうになってたよね」

「ごめんなさい、頑張っていたんです」

「窓際で一人頑張っていたことも知ってる」

「夜は寝た方がいいけど、二度寝は危険なことは覚えておきますね」

「…………」

「…………」

日本で一番薄いコンドームより遥かに薄っぺらいこの会話が一瞬終わりそうになった。

「あなたは何だと思うの、世界で一番危険な行為って」

最後の生徒が教室から退室し、私たちは二人きりとなった。

「なにかに意味を求めることだと思ってて」

「意味？」

「本当に自分が辛い時、他人の辛さなんてどうでもよくないですか。だから辛いのであって」

教授が一瞬不快そうな顔をしたのを私は見逃さなかった。

「何が言いたいの」

「世界で自分一人だけが最悪な目に遭ってると思うのが幻想であろうがなかろうが、同じ星の下に生まれた以上、僕たちは互いに傷つけ合う運命ですよね。生きてる限りは、死ぬまで擦り減って傷つくのは、黒板もチョークも僕も教授もそうでしょう。お互い様です。それはそれでいいんです。で、僕に残された選択肢は、もう二個しかないと思ったんです。すべてに意味はあると思って生きるか、すべてに意味はないと思って生きるか。さっきまでずっとこの件について考えていたら、僕の答えは後者に傾きました。傷つきたくないからではありません。ただ純粋に傷つくことにも傷つかないことにもなに一つ意味はない可能性があると思ったんです。僕が東京に来た意味も、大学生である意味も、この教室を出て、これから目にするであろうすべての出来事になんの意味も残されていないかもしれないと思ったんです。そうすると、やりたいこともなくなって、やりたかったこともなくなって、なりたいものもなにも、なくなってしまったんです。いや、これは元からかもしれませんね。酔ったら人はダメになるのではなくて、人は元からダメだったって事実が酒で明らかになるだけ、と同じ感じで。先生、これは僕の傲りでしょうか。人生に意味があって然るべきとか、僕の人生にも意味があって然るべきだと思いたいのは、僕みたいなどうしようもない学生が欲しがってはいけない贅沢品のようなものでしょうか。そう考えてたらチャイムが鳴って、教授とお話がしたくなりました。思ったんですけど、お召しの金色の腕時計と靴のデザインが素敵ですよね」

「ありがとう。で、君は昨日は八時間以上寝て、今朝はちゃんと朝ごはんは食べたのかな」

舐めた口をききやがると私は教授に思ったし教授も私にそう思っていただろう。両思いだ。

「何も食べてません。朝食やら何やらがこの問題を解決してくれるとは到底思えません」

初めて私と手を繋いで遊んでくれた女の子は、地震で死んだ。圧死だった。

「悩んでる時点で、それは行為として正しいんじゃないかしら」

「お言葉ですが、悩んでる時点で正しいと言われても僕はなんにも嬉しくないんです」

「君が五年遅れの中二病か、二年遅れの高二病か、一年早めの大二病か何か分からないけど、あのね、百かゼロか、黒か白か、みたいな考えはいつか自分も滅ぼしてしまうよ。大体、答えが二択しかない問題は問題設定自体が正しくない。この世に意味はあるようでない、ないようである、そんなどっちつかずのものはたくさんある。深海魚の写真集でも見てみなさい。神様の気まぐれとしか思えない造形の魚がたくさんいるわ。あの一匹一匹には意味があったりなかったりする。そんなものは全部、黒でも白でもない灰色のままで良いと思うんだよ。意味のないものが人類の素晴らしい発明だって気づくのに、君にはまだまだ時間が必要だと思う」

「深海魚も深海魚の写真集を見て生命の神秘を面白おかしく消費する人間も、なんの意味もなくて、それを見守る神様もいなくて、意味のないものを素晴らしい発明品だと考えることすら意味がなければ、どうされますか。百人百万人に好かれようが、好かれたいたった一人から好かれなかったら、どうされますか」

「さっきさ、なにがあったの？　失恋でもしたの？」

「いいえ、教授の講義がありました」

「知ってるわよ」

「まだお時間大丈夫ですか」

「大丈夫だけど」

「もしかして今、生徒に人生相談をされてると思われてますか」

「これって雑談に見せかけた深刻な人生相談なんじゃないの？」

きっとこの教授は、他の生徒には人気があるに違いない。少なくとも自分が今、何を言えば一般的な生徒が喜ぶかを知っている。まるでそれは、不潔な言葉のポルノだ。

「いいえ、ご相談ではないです。断じて。僕は誰かに何かを相談したことは一度もないです」

「あら、そう」

「気色悪いですかね僕」

「気色悪くてもいいから、続けなさい」

「お言葉に甘えます。最後、ものすごく失礼な質問をしてしまうのをお許しください。これが僕が本当に教授にお訊(き)きしたかったことで、お答えいただきたいことです。正直に申し上げるとこの講義、何の役に立つか分かりません。シェイクスピアが何の役に立つか分かりません。古英語が何の役に立つかも分かりません。他の講義もそうです。フランス語もそうです。ボンソワはきっと僕の人生には死ぬまで役に立ちません。でもフランス語が消えればいいとは思わないしフランス語の教授がフランス語の研究者であることは最高だと思います。だからこそ知りたいんです。今なにをやるべきで、なにができるのか、それが分からない以上、なにを学ぶべきかも分からない中で、これは、僕に何の役に立つんでしょうか。どんな価値があるんでしょうか」

私はこの教授が顔を朱色に染めて、私を凡庸に怒鳴り散らすのを期待していた。この時に私が持ち合わせていた最後の期待が、当然の怒りとして返ってくることに一種賭けてさえいた。

「ところで君って数学は得意？」

「全然です」

「だって私大の文系だもんね。不得意なのは、どうしてだと思う」

「それは僕が生来論理的に世界を認識できないか、それか単に、頭が悪いからです」

「もちろん君は、誇大な自意識で爆発しそうになっている私大の文系の一人に過ぎないから、それもあるかもしれないけど、もっと言えば、数学ができない人間が大量に溢れても、世界がちゃんと成立するように、数字数式数学が世の中をとっくの昔に支配したからだよ。つまり、数学が不得意なあなたは、数学が不得意であることを許されているだけに過ぎない。あなたに親がいるのも友達がいるのも、あなたが彼らに許されているに過ぎないのと同じよ」

教授の健闘は、賛辞に値する。が、私は何も言わなかった。

「この講義に何の意味がありますか、という質問は、あなたは生きててこの世に何の役に立つのか、と私があなたに質問するのと同じなの。つまり暴力。無知の暴力。その自覚はあるのかって訊いているの」

もちろん私には自覚しかない。

殺す、と、死ね、なら、まだ、殺す、の方が、愛があるのは知ってる。

「承知してます。でも、少し違います。本当に知りたいんです。これが何の役に立つのか」

「君はまだ時間があるのかな」

「僕には時間しかありません」

「これは私の一回目の講義よ」

教授は先ほどから腕時計ばかり見ている。

「元旦にナイフ持って追っかけ回してくる通り魔みたいなことはするなってことでしょうか」

教授は、やっと笑った。しかしそれは私を許した笑いではないことは明白だった。

「あなたと議論していたら私の貴重な昼休みがなくなってしまうから、これで最後にしよう。あのね、全部終わってからじゃないと何も分からない。この講義も、君の人生も。どちらかが死んでから夫婦だったたって気づく男女もいる。青春って、青春の中にいる間は、それが青春だと気づけない。学生の時なんて、大抵毎日冴えないし、明るくないし、無意味だよね。でも振り返れば、高校の時は楽しかったはずでしょ。振り返れば、点と点が線になって面になって何面体にもなる。無人島に漂流して初めて役に立つような知識だってある。人生の意味とか目的も、死ぬ時にならないと分からないと思うの。それを分かった上で、あなたの貴重な貴重な人生の一コマの中の一コマの中の一コマである、私の講義が面白くない、役に立たないと思うなら、君はもう、来週からここに来なくていいよ。単位はあげられないけど。ただそれだけのことなんじゃないの」

仰る通りだ。こんな軽い単位で得られた軽々しい学位が履歴書にへばりつくなんて私から願い下げだった。愈々教授が言うことすべてに、私は言い掛かりを加えずにはいられなかった。

「でもね、それだと困るんです。待てない、許せないんです。僕は、奨学金という意味不明な借金をして先生の講義を受けに来ました。必修科目だからです。親は貧乏で仕送りできないし僕もそれは申し訳ないから、これから睡眠時間を削って自分で稼ぐつもりです。でも、それは教授には関係ない。だからこそ先生の講義も、必修であろうがなかろうが本気で受けようと思いました。そのついでにこの講義に一回幾ら払ってるかも計算しました。三千円でした。それは今の母のパート三時間分で、旧作映画のレンタルなら三十本分、古本なら三十冊、新品の専門書一冊が買える値段です。この九十分がそれより価値があるかないかずっと考えてました。僕はね、それ以上の話をあなたにしてもらわないと母にも父にも東京に来る前の僕にも申し訳が立たないんです。今後それ以上の話をなさる予定ですか。なさると約束してもらえますか。もしくはなさらない予定ですか。どっちですか」

「君はさ」

「ゆとり世代です、ゆとり世代ですが、小学低学年の頃から何千何万時間と勉強して、友達とも遊ばず、一日六時間睡眠でここまで来て、先ほどの弛(たる)みきった惰性の講義の退屈さ加減は、講義を聴講する学生、つまり僕の側の問題でしょうか。僕の知識のレベルが低いからでしょうか。総じて面白がれない僕のせいなのでしょうか。大学の講義も学位も高く付いて当たり前だなんて問題ではないはずです。先生ご自身が人生を懸けて追い掛けたいと思ったものを、どうしてその熱量でお話ししてくださらないんですか。それは諦めたからなんですか。僕は先生の熱を見に来たんです。これは、お金を払う側と払われる側の信義誠実の話でもあるんです」

「面白くなくてごめんね、必修なのに」

「いや、謝らないでください」

「必修なのに退屈でごめんなさい」

「じゃあ最初から、謝らんといてください」

「ううん、いや、謝っちゃってごめんなさい、こちらこそ」

「こちらこそなんか、もう、ごめんなさい。もういいです、先生はお昼に行ってください」

「君に、君に言いたいことは山ほどある。でも、今は言わないでおく。ここまで言われたことは覚えておいてあげる。悔しくないって言えば、嘘になるから。ただ、私が最初に話したことはあなたも覚えておいて。そして、しつこいようだけど、私の講義に来たくないなら、もう二度と来なくていいから」

「先生が僕を攻撃することも、僕が先生を攻撃することも、とても楽なことは知ってます」

「私も知ってる」

「でもね、僕らが分かり合えないことが分かり合えても、もう何の解決にもならないんです」

「あなたは、あなたが正しいと思うことをしたらいい。好きなことをしなさい」

好きなことで生きればいい、と誰も彼もが言う。

でも好きなものがない人間は、どうすればいい。

教授はそうしてさっさと荷物をまとめ、何も言わずに講義室を去って行ってしまった。

東京に住み始め、大学に通い始めてから十日以上経つ。この間、私は一睡もできていない。眠気が私か私が眠気か、もう分からなくなってくる。イヤフォンを付けても、音は遠過ぎたり近過ぎたりする。適切な距離が分からなくなるのだ。救急車のサイレンのように、世界は私に急接近し、あっという間に去って行く。私が摑むことができるのは、そのサイレンの残響だけだった。

新宿の四月は眼球を突き刺す陽気をそこら中に放っている。講義棟を出ると、早くも無様に散り始めた桜が私の正面にあった。桜全般が年々白く見えるのは酸性雨のせいか、それとも私の目が色の見分けに鈍くなったためか、あるいは逆に、色そのものにこの目が鋭敏になり過ぎたからなのだろうか。

私が誰かと同じ色を同じように見ることなど、永久にありえないことのように思われる。

「おまえ、やってることがソクラテスと同じやんけ、気色悪い。甘えやがって、あほかいや。ソクラテスよろしく毒かなんか飲んで死んどけや」

それでも十六号館前のベンチには、何年も見慣れた一人の男の顔があった。

「いや、でもよくドラマで仕事しとる先輩が新人に、なんやおまえ使えへんなとかいうシーンあるけど、なんも知らん新人をうまいこと使われへんおまえの責任やろって思わへんか。それを言語化して伝えられへんおまえの責任やん、黙ってても察して欲しい、みたいな厄介な元カノみたいなこと言うなやって感じやん。伝えへんと伝わらんわけやん」

「ドラマの見過ぎじゃボケ。大体、大学と仕事は違うやろ。教授は職名に教えるって書いてあるけど、教えるのが仕事じゃないんだよ、そもそも。研究するのが仕事。おまえは他人に期待し過ぎ。まずそれやめろ。自分で勉強したいことくらい自分で探して、独学でなんとかしろ。言ってることは正論なのになんでおまえの場合こんな気色悪いことになるんだよ。それにしてもこの校舎ほんまボロいな」

佐藤が吐き捨てた通り、十六号館は本キャンパスの中で最もみすぼらしい佇(たたず)まいをした校舎だった。さっさと倒壊すればいいと思いながら、私もその校舎を見上げ、髪色が変わった佐藤に視線を戻し、ほとんど途方に暮れそうになる。

「てかおまえもおまえで、なに茶髪にしとんねん。しかももう東京弁になってもうてるやん」

「東京の奴と一緒にいると、標準語うつっちゃうじゃん」と佐藤が照れながら答える。

「じゃん？　チャラチャラしやがって。死ね」

……私と同じ神戸の仕様もない男子校から、この春、政治経済学部に推薦入学した佐藤は、高校三年生の秋にはすでに運転免許のみならずスキューバダイビングのライセンスを取得していた。冬、センター試験対策や二次試験対策の授業が本格化する頃には、廊下側の席で一人、彼はずっとトルストイやドストエフスキーや村上春樹を読んでいたのを覚えている。五教科七科目を叩き込まれたのに、受験に五教科七科目も必要とされていないこのW大学に進んだのは、百数十人いた同期の中で私と彼だけだった。六年間も同じ場所にいて同じ部活にもいたのに、私たちの共通点なんて結局同じ場所にいたということ、ただそれだけだった。

「とりあえず現実でクソリプすんな、死人出るぞ」

「クソリプをクソリプと言うのもクソリプやろ。おまえは一生まとめブログの記事でも音読して一人でウケとけや」

どうでもええわ、てか腹減ったし、W弁当行こ、という佐藤に連れられ、大学構内を出た。

キャンパスの真ん中を颯爽と歩く佐藤の服装を後ろからまじまじと眺める。無地のニットから白いTシャツが飛び出ていて、黒いスキニーデニムの下には制服で会っていた時には見たこともない、使い古した、かといってみすぼらしくないニューバランスのスニーカーを履いている。周りを見渡せばそんな無菌な格好の男は山ほどいた。

思えば男に個性は必要ない。こんな男が求めるような女も、そんな女が求めるような男も、個性なんて必要とされていない。小中高大と個性なんて必要とされず、大学生から社会人になる時だけ個性が問われ、社会人から先はもう二度と個性を問われることもない。無難という膜で一人の人間を覆えば、きっと誰もが、この姿を選ぶ。そしてそうすることはきっと、生存戦略として正しい。賢いのだ。

　なすからにしとけ、なすからに、という佐藤を無視して、唐揚げ弁当を頼むと、ひどく脂ぎった肉の塊がプラスチックトレーに詰め込まれて出てきて、これほんまにあの鶏の唐揚げなんと佐藤に訊くと、おまえは鶏の唐揚げにもW弁当の店主にも謝れ、あと大学の伝統にも謝れとあしらわれた。茶髪になったおまえはドストエフスキーに土下座しろ、とは言わず、先ほどの教授もどこかで昼ご飯を食べているのだろうかと一瞬考えたが、先ほどの私との会話など、どうせ彼女はもう忘れているだろう。

　講堂前の石段には、私たちの他にも無数の学生が腰掛けて、浮ついた四月の正午らしい喧騒(けんそう)、その当事者となっている。時に、黒々とした蠅が一匹、白米に向かって飛んでくるのを割箸(わりばし)で振り払えば、その蠅は佐藤の背中に止まった。それに気づかない佐藤は唐揚げと白米を頰張り、脂まみれになった口元を袖で拭いながらペットボトルの生茶を喇叭(らっぱ)飲みし、通りを歩く大学生の姿を舐め回すように見ている。「てか、おまえさ、充電器って持ってる？」「持ってない。仮に持ってても、おまえみたいなやつには貸さない」「あっそ」と答える彼の携帯には、確かに先ほどからひっきりなしに誰かからの通知が来ている。本当は持っていた。が、朝には一〇〇パーセントだったはずの私の携帯の電池残量は、三一パーセントになっていた。ウィキペディアで「八甲田雪中行軍遭難事件」「地方病」「詭弁」の記事を一限から読み耽(ふけ)っていたせいだ。教授の講義より、これらの記事の方が何万倍と面白い。

教室の最後尾の座席は大抵電源が近い。が、その席は、講義が始まってもいつまでも私語をやめないタイプの学生たちが毎回陣取ることを通学初日で私は知った。

「もう俺は卒論書く日まで三年くらい寝ててもフル単確定やわ。楽単ばっかでさ。まあそんなこと絶対せえへんけどな。新歓で良さそうなサークル見つけたし夕方はバイトの面接やねん。っても顔合わせだけやけど。カテキョと、フジテレビで受付するバイトもやることにしたわ。カテキョ日給一万やで。今期の試験の過去問くれる神みたいな先輩も見つけたし行きたい企業狙っとる先輩も何人かいたし。あとすっげえ良い感じの広研の美人にも狙いつけれたし。早よヤリたいわ。もうそれしか考えてない、最近。ヤッたらおまえにも報告したるわ。てか今度なゴールデン街に遊びに行こう思うねんけど、来る？」

私の前では、佐藤は関西弁を一時的に取り戻すらしい。

「ゴールデン街におまえが行きたくても、ゴールデン街はおまえに来て欲しくないやろ」

「あ、もしかして、羨ましいんか」

蝿はまるでブローチのように、佐藤の背中にとどまり続けている。

「羨ましいと人は怒る。怒るのは甘えてるから。他人に期待してるからなんやで」

「おまえも未成年飲酒で、その美人と先輩丸ごとご指導くださいって大学総長と新宿警察署に通報しといたろか」

大きなお世話じゃ、と意地汚いほど擽ったそうに笑ってから、こいつは同じ学科に所属する女性の顔面偏差値が控えめに言って絶望的であること、今週は飲み会、来週は宅呑み続きで眠れないこと、レッドブルを飲み過ぎると今度は眠れなくて困ること、それでも英語の資格の勉強は昨日から始めていて再来月には受けることなどを、いかにも楽しそうに語り始めた。

四月に急いで作った人間関係は長続きするはずがない。なぜなら、四月に急いで人間関係を作るような人間に碌な人間がいないからだ。どうでもいい人間が春の勢い任せにどうでもいい人間と連絡先を交換する。それまでは良い。が、五月の連休明けにはなんとなく互いに疎遠となり、それから数年間、キャンパスで互いにすれ違う度、かつての軽率を思い出して気まずい目に遭う。そんなことは私でも目に見えている。

どうせ佐藤もそうなる。いや、なれ。なっちまえ。と呪うだけに、こいつだけはそうならないかもしれないと思えた。いずれにしても佐藤はどこの会社に行ってもどこの老人ホームに行っても同じことをやる。そしてちょっと毒舌でちょっと可愛い、それでいて、ちょっと機転の回る、たとえば誰かの相談相手としての立ち位置をいとも簡単に獲得するだろう。

どいつもこいつも死ねばいいのに、と思いかけ、そっくりそのままそれが自分に向けるべき台詞かもしれないと思えば、大量の油を吸った唐揚げから味という味がなくなり、急速に喉の渇きを覚えた。

大学の講義はそれにしても全く面白くない、W大学はさっさと倒産しろという私の間抜けな呪詛に「マジか」「まあな」「わかる」「それな」とそれ以上に間抜けな相槌を打ちながら、佐藤は私たちの前を通り過ぎる有象無象の学生の集団から、ただの一秒でも話したことのある知り合い未満の知り合いがいないか相変わらず探しているようだった。私なんかより遥かに自分の友達として相応しい相手を血眼で探しているようだった。気づかれないとでも思っていたのだろうか。いや、無意識でやってるんだ、彼は。その無邪気さに目眩がする。携帯でも同じことをしているに違いない。適当に周りにハートをばら撒いているに違いない。

ここから見える周りの人間も佐藤と同じことをしているのかもしれない。だからいつまで縦にスクロールしたってキラキラしたインスタの写真は途絶えることを知らず、フェイスブックにはBBQを囲むギラギラした笑顔が溢れ返り、ツイッターには自虐的な、あるいは自虐が公然とできる程度には恵まれた人生が溢れ返る。どれもこれもどこにも辿り着けないまま電子の屑となり、検索結果の遥か向こう側に消える。すべては繰り返す。

男にも女にも好意にも私の絶望にも、個性なんてなくて当たり前だ。平安時代に死んだ人間がこの現代に蘇れば終わらない絵巻ができたと喜んだだろうか。すべては更新され、同じような出来事を繰り返す。私がいても、いなくても。

一人暮らしをするとポルノ鑑賞及び自慰行為がやり放題だから最高で、自由とは、いついかなる時でも自慰行為ができ、性的絶頂に達し得るということだ、という持論の展開にも飽きた佐藤は、『マイルブローン』は買っとけよ、あれはおまえみたいな迷える子羊の聖書みたいなもんやから、といきなり真面目な顔をして語り出し、私はそれに曖昧に頷いた。大学の講義の内容や単位取得難易度、百千のサークルの情報一切がその一冊にまとめられているらしい。この忠告だけに飽き足らず「で、どこのサークルに入るつもりやねん」と彼が切り出すので「言わへん」「なんで」「言いたくない」と無益な問答を繰り返していたら「まあええけど早く決めや。やりたいことやらできることの前にやらなあかんことは山ほどあるし、自分から動かんかったらなんもないねんから。友達がいない奴から単位が取れない、卒業できない。それで脱落していくねんで」と、彼はこの私でも初めて納得できる真実らしい真実を言った。

脱落、と口にする時、確かに佐藤は楽しそうに微笑んだのを私は鮮明に覚えている。どうしてこいつはこんなに要領が良いのだろう。推薦入学が決まる前からそうだった。私が東京に来たことに絶望していた十日間で、彼は完全に都内の私立大学の一年生になっていた。先ほどの蠅は、いつのまにかその背中から飛び去っていた。

「それにしても都会の絵の具に染まりやがったなおまえ」

「今度木綿のハンカチーフ買ってやるよ」

「世界に一つしか症例がない難病にでも罹って憤死でもしとけおまえは」

「K大学の医学部と合コンするのもありかもな」

「K大学に社会の格差と厳しさを叩き込まれてこい」

「はいはい。んじゃ、お疲れ」

「疲れてへんわ」

私と別れ、十三時開始の講義に向かってキャンパスの中へと戻っていく佐藤が、南門の前に突っ立っていた別の茶髪の男と女の二人組に早速声を掛けている。思わず目線を外し、咄嗟に私は了解した。履修科目を決めるように、その日彼は誰とどこでなにをするかも決めていて、この私を呼び出したのは、単なる近況報告がしたかっただけではなく、そうする自分の正しさを確信したかったからだ。私以外の知り合いを、彼はもう無数に作っているに違いない。

一人になることが嫌で嫌で仕方ない彼も、そんな彼の前でどんどん一人にならざるをえない私も、最初は同じだった。そして誰といたって一人になれるような普通の大人に、いつかなるし、なれるものだと信じていたはずだった。でも、そんな大人なんて、どこにもいないのだ。もしかしたら大人なんて抽象物は存在しないのかもしれない。

四月の空、その青をもう一度見上げる。その狂暴な純度に殺されそうになる。

純白な日差しを全身で反射する、これから何年も通うことになる校舎は聳え立つ廃墟に見え、肋骨がウエハースのように音を立てて軋んでいく気がした。

誰からも好かれるような奴はたった一人でもいいから私が嫌うしかないように思われた。

冷めた白米と唐揚げを片手にそのまま呆けたように石段に身体を預けていると「あ、お一人ですか」とどこまでも爽やかな微笑を浮かべた、二年三年と思われる白シャツの男女が私に声を掛けてくる。きっとサークルの勧誘だろうと、緩みそうになる頰に力を入れながら「まあ」と返せば、男の方がそのまま次のようなことを語り出した。即ち「宇宙も君も僕も粒子で構成されていて、その粒子は常に振動している。この世には楽しいことしかないと思って動く粒子には、楽しそうに動く他の粒子が寄ってくる。この世に不幸しかないと思い込んでいたら不幸の粒子が向こう側からやってきてしまう。これは量子力学に基づいた引き寄せの法則である。人間の脳の五パーセントは意識で構成されているが、九五パーセントの無意識は宇宙と接続されている。我々はその宇宙と接続することで、自分の運命をコントロールし、未来を決定することができる。神様は存在しなくても宇宙は存在する。我々がこうしてここで出会ったのも無論運命である。もしこの話に興味があったら今夜十号館でやるセミナーに同席しろ」というのである。私はこの時、どんな表情をすればよかったのだろう。

死にたいと思うのは、生きたいと願うからではない。どうにもならない何もかもを、ぶっ壊したいからだ。

今すぐミサイルか、あるいは隕石が、東京に墜落してきて欲しいと私が望めばちゃんと墜落してくれるのだろうか。絶望する暇も逃走する暇も泣き叫ぶ暇も、何らの会話や回想や感傷に浸る暇もなく、それが、空の青を真っ二つに切り裂いて落下してくる光景を想像する。きっとそれは真夜中に墜ちてくるものではない。このようなだらしない真昼間に、神の悪戯のようにして墜ちてくるに違いない。時候の挨拶のような軽さで、東京を破滅させるに違いない。あるいはこうとも考えられる。私も教授も佐藤もこの男女も、神の悪戯の一環でこの地球上に落下させられた玩具で、玩具同士こうした仕様もない衝突を繰り広げるのを神は遥か上から見下ろし、紅茶を啜ってショートケーキにフォークでも突き刺しているのだ。

が、たとえこの瞬間、隕石が墜ちてきたとしても、地下鉄は動く。コンビニも会社も、通常通り営業を続ける。すべては繰り返す。どこにも逃げ道はない。

世界がどう始まろうが、どう終わろうが、私の本番は始まることもなく消滅するように思われた。そして隣に誰がいてもいなくても、私はきっと嘆き、怒り狂い、一人きりだった。

宇宙に無意識で接続できる男と女に訊き出されるまま私たちは電話番号を交換した。「行けたら行きます」と微笑みながら別れた一秒後、彼らの電話番号を着信拒否にした。

携帯に通知が山ほど来ている。GUの割引セール。アマゾンのお勧めの商品。ゾゾタウンの古着入荷情報。未読のまま一件一件消去していると、唯一、人間からのLINEもあった。「学校楽しいか、ちゃんと行っとる？　友達できた？」「友達もできたし授業もおもろい」「よかった、なんかこっちから送ってほしいもんとかあるか」「ううん、大丈夫」「ほんまに？」「うん、ほんま」「ほんでバイトは見つかったん？」「なんとかなるし、なんとかするから、大丈夫やでお母さん、ほんまに」「そう。身体だけは気をつけや」というメッセージに「うん」と返して、会話を切り上げた。

第二章

誰でもいいから傷つけたかった、傷つけられたかった

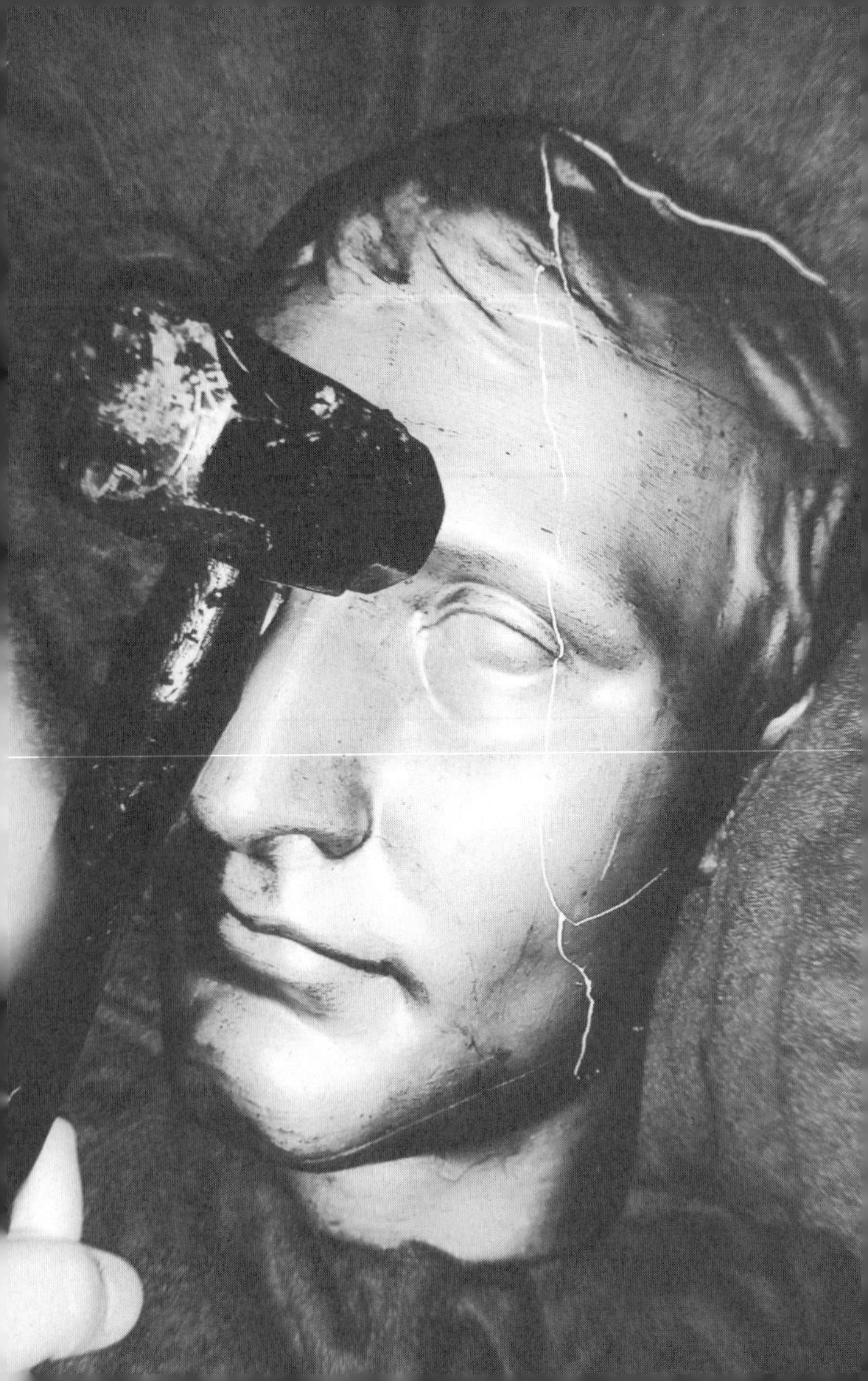

真夜中が永遠に続けば、人類の不幸や幸福の総量は変わるだろうか。

首都高を時速一二〇キロメートルで飛ばすその軽自動車には私を含め、おそらくは未来に何の希望もない男たちが肩を擦り合わせながら押し込められて、軽作業と称される、労働内容不明、ディズニーランドから徒歩三分とだけ聞かされた現場に連れて行かれようとしていた。誰も一言も話すことなく、目を合わすこともなく。ぶっ飛ばされたように後ろへと消えていく東京タワーを窓辺から横目で見ていると、この世のすべてがあの鉄塔を中心に繰り広げられる、終わりのない茶番のように思われた。出発地の池袋から意味不明な速度で東京の夜を疾走していたこの車は、カーヴに差し掛かる度に私たちを容赦無く左右に揺さぶり、隣の隣の男はその度に咳き込み、その度に隣の男の膝が私の膝にぶつかった。隣の男の黒光りした爪、その薬指にさえ、陳腐な銀色の指輪が嵌められている。その手に握られた携帯に表示されているのはビットコインのチャート表だ。ハンドルを握れば人間の本性が表れるというが、このドライバーは明らかに今の仕事も私たちも東京も憎んでいるに違いない。強く揺れる度、死を覚悟する。きっと私たちの前世は、山手線が描いた永劫回帰の輪廻の中で死んだのだろう。

それは、花を運ぶ仕事だった。

大量の花。連れ出された倉庫には一万個以上の段ボール箱が置いてあり、その中に花が別々に入っていて、それらを総勢十五名のバイトで仕分け、計二百台以上の大型トラックに詰め直すという作業だった。花屋で見るような花と、この巨大倉庫に窒息しそうなほど犇めき合った大量の花は全く異質な存在に見えた。花と花とが今にも怒鳴り合い、殴り合い、殺し合うかのような不粋。もはやその不粋が極まって反転し、粋の領域にまで到達しかねない、不思議な光景だった。

　そんな光景を背中にして、花は鮮度が命であり、今夜中に必ず目的地に発送しなければならない、そして私たちには一刻の猶予もない、という現場監督による馬鹿馬鹿しい説明がなされた後、だから倉庫内で歩いて作業して欲しくはない、できれば小走りで作業をしてください、との要望が加わった。しかし、私たちが作業を開始すると、走ってくださいという要望は、走らないと間に合わない、という叫びから、走れという怒声に変わり、走らねえと殺す、急がねえと殺すぞ、という脅迫へと夕刻の空のグラデーションのように綺麗に様変わりしていった。周りの男は黙々とそれに従い、私もせせら笑うくらいしかできず、痩せられるかもしれないなと思いながら花と一緒に走った。

　現場監督は実際誰のことも殺さなかったが、周りにある資材を一つ一つ男の前で蹴り飛ばし、丁寧に、とはいえちゃんと法外な方法で急ぐように脅し続けた。つまりこの倉庫は獄卒のような現場監督による地獄のような現場だった。ものの開始十五分で判明したことだった。

花の搬入を待つドライバーからも同様、急げ早よせえもしかして遊びに来たんか底辺の社会科見学でもしに来たんかほな煙草か千円置いてさっさと帰れここは遊び場とちゃうねんぞ砂場でもないねん図体（ずうたい）だけデカいけど何の役にも立たへんなもう帰ってえでこんなんもできへんのに大学とか行けるんやな俺も東大行って人生やり直そかな泣きたいなら泣いてもええねん風俗行ってお姉ちゃんにでも泣きついてこいやこっちとちゃう言うてるやろボケお礼に派遣元にクレームいれといたるわ、といったエールが延々と送られてくる。

殺してやる、と思うこともできたのに、不思議とそれが私には心地よかった。

才能がないから大学に入った。身体一つで生き抜く、知性も野性も自信も経験もないから大学生になった。そして金が欲しくて、今ここにいる。そんな仕様もない私に、剝（む）き出しの悪意と罵詈雑言（ばりぞうごん）は今、何よりも相応しいと思われたのである。

靴擦れで踵（かかと）の皮膚が無くなり始めた頃、やっと許された五分程度の休憩時間中に捲（めく）れ上がった皮膚を剝（は）がし、割れた柘榴（ざくろ）のようになった足の裏を眺めていると歯が三分の二以上欠けた齢（よわい）六十前後の別のドライバーが私を見て、ヌチノクリハドゴと発音した。君の出身地はどこなのか、という意味だった。神戸ですと答えると、ア、と返され、彼の無駄口はそれっきり終わってしまった。

花の香りと暴力に包まれながら、発送すべき花の総量はだんだんと減り、私たちは水色の朝を迎えた――。

外に出れば、大型トラックが置き去りにした排ガスの余韻と朝の海の香りとに混じり、桜の強い残香が沈殿している。港湾近郊であるのに、なぜこんなにも桜のそれが濃厚なのかと訝れば、おそらくは散った桜が排水溝や川を辿り、ここから見えぬ海、その波打ち際に流れ着いたからだと思われる。

放送コードも映倫指定も軽々と超える罵倒と暴力シーンを演じ続けていた現場監督は朝陽に向かって、ファッ、とあくびしたかと思えば、仕事が終わると同時に原付でどこかに消えた。作業中、その監督でさえ、さらにその上の総監督のようなマネージャーに、てめえはなにもかもトロいと蹴り飛ばされていた。返事はハイじゃなくてワンだろワン、と怒鳴られる度、その監督はワンと叫んだ。このすべては毎夜繰り返される、東京の隅っこの出来事なのだろう。私は、ワンと叫ぶ監督もワンと叫ぶ総監督も、それを見ているだけの私もそんな私が搬び続けた花も、倉庫も斡旋企業も大元のクライアントも花屋も花屋の花もそれを買って花を愛したつもりの人々も華道家もなにもかもが、ゴミだと思った。茶封筒で手渡されたこの仕事の報酬は、一晩で六千円だった。

帰り道、ディズニーランドの真横を歩いて通った。手も足も血塗(まみ)れなのに服からは花の香りがする。気づけば私の爪も真っ黒に濁っていた。まっすぐ歩こうとしても歩けない。怪訝(けげん)な顔をしたスーツ姿の男や女に道を譲られながら、ディズニーランドの近くのビルへと彼らが私以上に退屈そうな顔をして吸い込まれていくのを見るともなく見た。

一仕事終えた人がたとえば煙草や珈琲(コーヒー)を望むように、私は今、無意味なものが欲しかった。中途半端な希望や絶望が私を醜くするなら、いっそ完璧な絶望が見たかった。より完璧に私を木端微塵にしてくれるものが欲しかった。

——だが、猫を飼えば、猫を飼いたかった自分を永久に失うように、なにかを手に入れるということは、なにかを失うのと同義だ。私が私を破壊してくれるものを獲得する時、私はなにを失うだろう。もうなにもかもどうでもよくなりつつあるこの私が？

この肉体労働の後でさえ眠れないほど、不眠は悪化し続けていた。

私がその日の朝に大学生協で『絶対内定』や『ＴＯＥＩＣテスト９００以上を目指す英単語集』という本に表情という表情を失って迷わず手を伸ばしたのは十八歳の若者らしい安易な焦燥からとでも言えようか。好きな女の子に悪戯を仕掛ける男子児童の矛盾、好きな男におまえなんか全然好きではないと叫ぶ女子児童の虚栄と同類のものからか。少なくともこの俗物極まる買い物は、佐藤からの影響ではないと断っておきたい。大学一年生の四月に就活対策を始める以上に正しい行為など、存在しないように思われたのである。

中学生時分の私服がおかしいことになるのは「自分が自分をどう見ているか」と「他人が自分をどう見ているか」、この理想と現実とが一つの身体の上で最悪な形で矛盾、衝突し、露呈されるからだ。大学生になれば服の問題にとどまらない。今度は、好きなもの、得意なもの、そして、それによって稼げるのかどうか。この三点で折り合うことができなければ、死ぬまで搬びたくもない名も知らぬ花を宛先も分からぬどこかに搬び続けることになる。世界に一つだけの花など存在しない、だなんて誰でも言える皮肉を吐き続け、最後は自分に花が添えられることになる。いや、それも嘘だ。最後は誰からも花さえ添えられないだろう。

絶望は今、すでに目の前にあった。こうして生協に山積みになって売られていた。好きなもの得意なものそしてそれによって稼げるかどうか。この三点がどこにあるか分からない時、やるべきことは相場が決まってる。何が好まれ、何が必要とされ、何が売れているか、必死で探してそのすべてになるしかない。何から始めていいか分からなければすべて始めるべきなのだ。『絶対内定』シリーズと『英単語集』は最良の道具だと思われた。これだけにとどまらず、手にとって棚に戻すという行為を三度繰り返し『マイルブローン』も買った。昨夜の六千円はあっという間に消えた。これも佐藤からの影響があったとは思いたくない。思いたくなかったが、生協を出て、十四号館のラウンジに座り、これらの無益な戦利品から真っ先に私がページをめくったのは他ならぬ『マイルブローン』のサークル紹介欄だった。

どうせ死ぬ。どうせ傷つく。行きたい所には行ってみる。気になる所には飛び込んでみる。家にいたって思い出はできない。バカげていると思っていたことほどやると楽しい。風呂は風呂に入るまでが億劫なように、旅は旅に出た後あんまり後悔しないものだ。行って無価値だと知ることも勉強だ。何かを失うというのは、何かを失うことを得るということでもある。

青春は一秒ずつ散っていく。まだ私は傷つき足りていない。

百千とあるサークルの中で、私は、最も反抗的で、最も反学生的で、最も挑発的で、反時代的で、無意味、そして何より最も退屈と無縁と思われるサークルを探した。誰だってそうしたに決まっている。私が一人であることには何の意味もないのだ。サークルの一覧には過度な飲酒による乱行と乱交とで悪名高いテニスサークルの名や、ミスコンを主催する以外何らの存在意義があるのか不明の広告研究会の紹介ページもある。「その他」の欄に辿り着く。すると、「単位の存在を悉く軽んじる会」を一とし、「眉毛を剃って虚無主義と闘う会」「シャンシャンの注意を引く会」「ブスとして光り輝く会」「暴君研究会」「全力坂批評会」「あばずれ解放同盟」などがある。深い溜息が漏れた。なんと中途半端に意味があり、なんと中途半端に無意味なのだろう。真面目にも不真面目にもなれず、どこにでも行けるようでどこにも行けず、何者にでもなれるようで何者にもなれない人間の、精一杯の、奇の衒い。個性的であろうとする、その無個性さ、許し難さ。きっとこの茶番は彼らによって延々繰り広げられる。

大学生活の九九パーセントは悪足掻きかもしれない。そうであったとしても、私が求めているのはこんな類のものではない。第一、これらは名称の時点で、その結末が見えている。

……私にはもう、自虐など必要ない。気の利いた諧謔も、すべてを見切った嘆息も、あるいは悲観も感傷も、生協に山積みにされた新潮文庫も青色の岩波文庫も漫画も教科書も専門書も、アマゾンプライムもアンカーの高速充電器も、その他アイコンだけ可愛いアプリも必要ない。

暴挙に出るのは、今しかなかった。

有象無象のサークルの中から最終的に私が発見したサークルがある。

唯一、私の好奇心を激しく揺さぶったサークルがある。

告白しよう。それは、かくれんぼ同好会というサークルだった。

私はこれに他のサークルとは全く違うものを感じたのだ。というのも、この会を紹介する記事には、本来その活動内容を詳細に記すべき欄に次のような文言があったのである。

> 我々は秘密組織である。新歓など行わない。新入生を歓迎する文化は、我々にないからだ。入会希望者には入会試験として面接を課す。サークル内恋愛禁止。エントリーはメールで受け付ける。
> 前年百人程度の応募があったが九十八人は落とした。覚悟されよ

あぁ、これだ。これだ。これしかない。

たとえ嘘でもいい。

少なくとも、私を明確に拒んでくれる誰かが、ここにはいる——。

桜も、正門も、サークル看板も、何もかもが優しい顔をして私たちを迎え入れ、その中で一人置き去りにされていた私は、これを求めていたのだ。本当に求めていたも

を送ると、「四月最終日の午後学生会館に来い」との返信があった。

とはないかもしれない。一目惚れと同じだ。震える手でエントリーを希望するメール

のが完璧な形でいきなり目の前に現れるまで、人は、自分が求めていたものを知るこ

入会試験当日。

前日も前々日も眠れなかった。

というより、私は四月に入ってからほとんど眠れなかった。

総工費一億円と言われながらなんとなく存在するサークルのなんとなく維持された活動に、鋭意ほぼ年中無休で使用されている学生会館、その会議室の一室に呼び出され、中に入ると、ブラックスーツに身を包んだ面接官の三人、いや、上級生三人と、どうやら先に着いていたらしい男性志願者が一人いた。定刻前だったが、遅れて申し訳ございませんと非礼を詫び、持参せよとメールで前もって指示されていた履歴書と入会希望理由を記した書類を、面接官の一人に一礼して渡す。そして、あぁ、この瞬間を、私は二度と忘れることはないだろう。「どうぞ」と勧められた席に着いた瞬間、三人の面接官の真ん中に座った、真夜中のように真っ黒な髪をショートにした、非常に憂鬱で美しい顔立ちをした女……キャンパスでこれまで見たどの人間の類型にも当てはまらぬ、突き刺すような女が、その細長い両腕を組みながら私の目をまっすぐに

射抜き、開口一番このような台詞を口にした。

「あなたは童貞ですか」

「はい？」

「あなたは、童貞か、と訊いているんです」

「これは面接に関わる、ご質問でしょうか」

「もうとっくに面接は始まっています」

「童貞だとしたら何だと言うのですか」

「童貞ですね」

「黙秘します」

「童貞ですね」

「童貞だと入会資格がないということでしょうか」

両端に座っていた面接官がクスクスと笑いを堪え始め、私の隣に座っていた志願者は「僕は童貞です。それも、美しい童貞です」とキッパリと答えた。彼らは「よくぞ言った」「あら、素敵」と小声で彼を褒める。それでも中央の面接官は相変わらず口角を一ミリも上げない。

尋常ならざる美人が尋常ならざる場所で尋常ならざる台詞を言い出したのは、六年間男子校にいて女性と一度も話したことがないこの私を圧迫し切るには十分だったが、そもそもなにが美しい童貞か、童貞に美しいもなにもあるか、という憤慨がなぜか先行し、思わず横の席に座る彼を一瞥すると、事実、その彼もまた些か残忍な遊びを好む都会の少年のごとく澄ました横顔をしていたのだった。

こんな猪口才に負けてたまるか。

人間は見た目じゃない。中身だ。絶対に、中身だ。

見た目が同じような人間が集まったならば、結局最後は皮膚の下にある、中身が問われる。

だから今、見た目以上の中身を、私は証明しなければならない。

中央で両腕を組んだままの彼女は、アイスピックのように温度を失った目で、私たちをもう一度射抜いた後、もう何度も口にしたのであろうその質問をうんざりした様子で繰り出した。

「どうしてあなたは入会を希望されるのですか」

私は、深呼吸して、答えた。

「ただ面白いことをひたすらに追求する、子供のように純粋で貪欲な貴会の精神に惹かれました。学生の本分は勉強です。しかし、取り返しのつかない青春をちゃんと取り返しのつかないものにすることも、ただ一度きりの人生において、重要な勉強であり、学生の本分、使命でもあります。貴会がどのようなことをしていらっしゃるのかは具体的に存じ上げません。しかし何ができるか分からないということは、なんでもできるということ。そこに私は、一筋の希望を見出しました。自ら考え、率先し、面白くないものを面白くする。その行動原理には、紛(まぎ)れもなく、現状への不満や退屈が蠢動(しゅんどう)しているからに他なりません。現代人の多くは一日中携帯を握り締めたまま、その退屈に潰されるだけです。一握りの人間は、退屈に狂って奇を衒った服を着たり、恋愛に狂って病みアカウントを作っては、ピエロのように退屈と戦うでしょう。その退屈と理性的に戦って勝利を収めることができるのは極一部の人間であると考えます。この大いなる敵に向かって、ちゃんと抵抗と打撃を加えられるような人間は、大学の中を見渡しても、滅多にいるものではありません。皆様のように、貴会を選ばれた方々にしかいないと私は直感したのです。だから、入会を希望しました。貴会以外、私は興味がありません」

過剰に言い過ぎるのが私の悪い癖かもしれない。過剰な形容詞が、感情の発露もその強度をも希釈してしまう。しかし、それは私の嘘偽りのない、本当の気持ちだった。

雄弁は銀、沈黙は金だとして、私はもう沈黙を許せない。

……このような個人の病や希望を初対面の人間相手に開陳(かいちん)するのは、それでも度が過ぎたかもしれないと反省し掛けたが、私はすぐにそれを打ち消した。なぜなら先ほどとは打って変わって三人の面接官は表情をなくし、ボールペンを片手に黙り込み、天井を見上げたり頬杖をついて考え込み、威圧的な視線を一瞬間私から逸らしたからである。しかしそれも束の間、この停滞した空気をさらに打ち消すかのようにして、右の面接官は胸ポケットから煙草とライターを取り出し、火をつけ、最初の煙をふわりと吐き、こう吐き捨てた。

「今の台詞は練習したな」

「受かりたいからです。当然では」

思わず目を伏せて答えたため、面接官の誰が舌打ちをしたのか私には分からなかった。

隣の美しい童貞も、私と同じ質問を受けた。すると彼は、私とほとんど似たような……、というより、私と一字一句全く同じ発言をした。ここまで徹底して独創性がなければむしろ独創性があるというものである。偶然の一致か。それとも私への嫌がらせか、挑発か。心の底から侮蔑しながら、しかし私は彼の発言中、彼の膝に視線を落としながら、うんうん、と頷いた。その内容に賛同したからではない。最低限の協調性があることは、面接官には見せておく必要があると思ったのである。

彼女の質問の矛先は再び、私の方へと替わった。

「少し事務的な確認をさせてください」

「はい」

「入学式には行ってませんよね」

「行ってません」

「校歌は」

「歌えません」

「学長の名前は」

「存じ上げません」

「宜しい。では、もしこの会に入れたら、あなたは何がしたいですか」

室内を覆うように鳴り響く空調の音に、飾り時計の秒針音が混じり出す。

私は、彼女に挑戦することにした。

「分かりません。でもとにかく、破壊したい」

「なにをです」

「なにもかもです」

「メンヘラですか」

「私の手首を見てください。無傷です」

「具体的に破壊したいものは何ですか」

「山ほどあります。でも、一番破壊したいのは自分自身かもしれません」

「では私の手元を見てください」

その瞬間だった。

彼女は私の履歴書と志願書をビリビリに引き裂き、紙屑となったそれを即席の花火のように会議室の宙に舞わせた。

紙の私は、いかにも無難を装った私は百千に引きちぎられて、宙を舞った……。

――黒髪の女性は少し乱れた前髪を左手で整えて、言った。

「あなたは今どんな気分ですか」

絶句した。

が、次のような台詞が、咽喉を突いて出た。

「貴会を選んで間違いなかったという確信が、より強固なものとなりました」

隣の美しい童貞はこの「何がしたいか」という質問に、「圧倒的性的オーガズムの体験」と即答した。私も思わず両腕を組んで天井を見上げた。確かに人が求めるものは、所詮セックスか死か金である。その欲望の強度に上下差があるだけだ。彼が唐突に掲げた一つの真理に対して「我々の会では恋愛禁止だぞ」と左の面接官がすかさず尤もな反駁を加えると「セックス以上に気持ちの良いことはこの世にたくさんあるのだと思います」と、この男はすらすらと答えた。さらには面接官に対し「僕からも質問させて欲しいのですが、皆さんがセックス以上に気持ちの良いと思うことはなんですか」と彼が投げかけると、右の面接官は「蟻を踏み潰すこと」、左の面接官は

「献血をした後ジョギングを一時間して銭湯のサウナに入ること」と照れながら答え、中央の面接官は「人を完全に否定し尽くすこと」だと答えた。自称美しい童貞はなるほど、ありがとうございます、と質問を締め括った。

茶番だといえば茶番だ。

が、本質的な議論といえば本質的な議論でもあった。

最後にこのような問答があった。

「もしお二人の入会が認められた場合、この会では実名は捨ててもらい、今から決めるコードネームで呼び合うことになります。コードネームの希望はありますか」

本名で繋がっても意味はない。むしろ百害あって一利なしということなのだろう。

「じゃあ僕は、醜聞、で」と隣の童貞がまたしても即答する。

醜聞か。お似合いである。が、私は突然の事態に困惑して、返答に遅れを取った。するると中央の面接官はその自称美しい童貞を数秒見詰めたのちに「ディルドか糞ビッチか乳離れの、どれがいいか、三秒以内に決めなさい」と言い放った。美しい童貞は「糞ビッチを希望します」と厳粛な面持ちで回答した。すると面接官は「じゃあディルドね」とボールペンを何かの帳簿に動かしている。私の番だ。「破壊で連想したのだけど、アナルファックかビン＝ラディンか公然猥褻物陳列罪のどれがいいですか」と問い掛けられた。左の面接官が「敏感なビン＝ラディンでもいいと思う」と付け加える。「どれも最悪です」と素直に答えると、「最悪、もいいね」と右の面接官が加えた。どうやらこのサークルが創始されて以来、それらがコードネームとして採用されたことはないらしい。その後「DMM.com」「ベロチュー」「破産申請者」「出会って三秒で即ハメおじさん」「ドスケベ野郎」「相席屋★新宿本店」「ポチョムキン」「無料動画大全集」「恥骨開放骨折」といった、特にこれまで面接で話し合われた個別の内容とは全く関係ない候補名が面接官によってでたらめに打ち上げられては消え、結局私のコードネームは、中央の面接官がなんとなく口にした「内乱罪」で落ち着いた。下唇を噛み締めながら、私はその様子を見守る他なかった。

中央の彼女は、おそらく法学部なのだろう。

合否の連絡は、三日以内に電話で通知する、という彼女の言葉で、私たちは退室した。

美しい童貞、改め、ディルドとエレベーターで一緒になった私は、少し迷いながら「なにはともあれ、楽しくなるといいですね」と話し掛けると、「ええ、そうですね」と彼は答えた。

その後に行われた入会式のサークル代表挨拶で、そのディルドこそがサークルの代表であると私は知った。

絶対に傷つかない方法は、ただ一つ。他人に期待しないで生きることだ。でも他人に期待しないと決めること自体、もうとっくに傷まみれのように思える。私が選んだものには、たとえ裏切られてもいい、ちゃんと期待したい。20XX/04/30/23:55　RT:0 LOVE:0

第四章　君も一人かと夜は言った

東京駅構内にある可燃物専用のゴミ箱の中に私が息をひそめて潜伏することになったのは、それから五日後のことで、同じく東京駅でかくれんぼをしていたサークルの会員に見つけられるより早く、無線機を持った鉄道警察の職員二名に捕捉され、三百六十度どこから見ても立派な不審者として職務質問を受けたのは、私がそのゴミ箱に入って三分足らずの出来事である。

冷酷な横顔をした制服二名が腰にぶら下げる、黒光りした手錠と拳銃。人は、欲しいものに目が行く。このかくれんぼ大会が開始される直前「ケヴィンに見つかった場合当会は一切関知しない。自己責任で対処せよ」とあのディルドからふざけた注意喚起がなされたことを私は今更ながら思い出していた。ケヴィンとは無論、警備員、施設管理責任者、その他司法官憲のことである。そうして私は今、全く無力な状態で、ケヴィン二名の前に立っていた。

「えーっと、君は、何なのかな」

「何なのかとは何なのですか」

「だからこの中で、何してたのって訊いてるの」

「人間観察です」

と、物心のついたばかりの生意気な美大生のような回答をすると、

「人間観察なら道端でもできるよね」

と、制服も制服らしい尤もな正論を放った。

確かに人間観察が趣味だという人間に、碌な人間はいない。

「君、一人だよね。もしかしてYouTuberかな」と制服が周囲を見渡し始める。

「僕は一人ですし、YouTuberではありません」

「なんか危ないものとか持ってないよね」

「持ってたら、もう使っています」

「え、持ってるの」

「持ってません」

「ちょっとさ、ここだとあれだから、事務所来てもらえる？」

東京駅構内で日々行われる無数の会話の中で、その日、最も無益な会話になろうとしていたこれを終わらせようと制服が私の肩に手を伸ばそうとする。オッケーグーグル、警察から逃げる方法。オッケーグーグル、空を飛ぶ方法。オッケーグーグル、世界をさっさと終わらせる方法。……死の直前、人間が走馬燈を見るのは、最悪な窮地を切り抜けるために役立つ知識を、脳が過去のデータからなんとか検索して割り出そうとするためだと聞いたことがある。だがこの時、私の目に浮かんだのは過去ではなく、未来だった。

つまり私は事務所で学生証を提出し、学部長には通報が、学部長は総長に報告、場合によって裁判沙汰、建造物侵入で初犯、良くて略式起訴、悪くて執行猶予、そうして最後に待つのは停学か除籍か退学。短い青春だった。小学生の時、公園でかくれんぼをしていた時は気づけなかったが、今なら分かる。誰にも見つけられず、見つけられたい人もいないことこそが死ぬということなのだ。もし目の前にドラえもんがいたなら私は拷問だって辞さなかっただろう。

オッケーグーグル、グーグルに、壊滅的な被害を与える方法。

卑屈に笑いながらその手を受け入れようとする。

すると私の真横から、甘い香りがした、

……私の隣に女性がいた。

正確には、あの日、私の目の前にいた面接官の女性が、今私の隣にいた。

彼女は相変わらず無感動に口を開けたままの私を一瞥する。

そして彼女は、目の前に立ちはだかる制服両名に信じられない嘘を口にした。

「この子、あたしの弟です」

あたしの弟、目を離した隙に、どこかに行って隠れてしまう変な癖があって。人混みが苦手なんです。子供の頃からずっと。これから大丸でふたりで食事しようとしたら、いきなりまた行方不明になっちゃって、一礼、必死で捜してたんですが、一礼、お二人が見つけてくださったんですね、一礼、本当に、一礼、ありがとうございます、一礼、とても安心しました。

彼女がそう言い終えると、制服は、はぁ、なるほどそういうことだったんですね、さすがに僕らもちょっとこれは危なくて放っておけないなと思いましてお声掛けした次第なのですが、と赤らんだ鼻を掻いて間抜けな返事をしたが、当の私はこんな馬鹿げた嘘が通用するはずがないと直感し、ほとんど笑い出しそうになっていると、先輩は私の方にくるりと向き直り、私にしか分からないように不気味な笑みを湛えたかと思えば、私の頰を勢いよくぶん殴った。ばちんという音が辺りに響き渡る。通行人が立ち止まる。時が止まる。私も制服もこの突飛な事態に言葉を失っていると、彼女は引き続き、私の頰に一発、耳に一発、顎に一発、淡々と平手を見舞い始めた。「あ」とか「う」とか「お」と漏らす私を見て、やっと制服は「ええっと大丈夫ですよ、お姉さん。あの、大丈夫ですから」と止めに入ろうとする。「いいえ、もう本当に、ご迷惑をかけてしまったので」と先輩は鞄の中から何かを取り出そうとしている。制服の目は先ほどの好奇の目から、ほぼ恐慌に陥り始めた。私はやっと先ほどの先輩の笑みの意味を理解した。

制服は無線機に何か話しかけ、とにかく家族なんだから仲良くしてくださいよ、と、なんの当たり障りもない台詞を残し、そそくさと去って行く。関わると危険だと判断したのだろう。

――そうして私たちだけが、丸の内北口の通路に取り残された。

私が真っ先に疑ったのは、この制服らが、サークルの会員の上級生かもしれない、ということだった。しかし、すぐにその疑問を撤回した。なぜなら隣でやれやれと独り言をした先輩の額に少しの汗が滲んでいたのを、この目で認めたからである。

「痛かった？」と先輩は私の顔を覗き込んだ。

「痛いなんてもんじゃありません」

「でも、見逃してくれたんだから、結果オーライでしょ」

「あの」

「なに」

「捕まっちゃって申し訳ございません。本当に、本当に、ご迷惑をおかけしました」

私はおそらくこの時、生まれて初めて誰かに真剣に頭を下げたと振り返る。

「神様、どうして私をお見捨てになったのですか、って顔してたよ」

先輩は制服の後ろ姿を見ながら、くすくすと笑っている。

「生きてるだけで、誰だって誰かの迷惑。だから大丈夫」

「毎回こんなことがあるんですか」

「いや、君が不運なだけ」

「それにしても派手な嘘でしたね、僕と先輩じゃ全然顔違うでしょ」

「だからバレないように、髪で顔隠して、何度も頭下げたの。感謝しなさい」

少しだけ乱れていた髪を、先輩はもう元に戻し終えていた。どのように乱れてもすぐにその前髪は元の位置に戻るようだった。

「おなかすいた。なんか食べに行こう」

「え」と答える私に、ほらあれ、と先輩が首を向けた先、制服がこちらを振り返ってる。

「僕も借りは返したいです。でも、かくれんぼはいいんですか」

立ち止まった私たちの間を、スーツ姿の通行人がするするとすり抜けていく。

「最後まで隠れ切れる奴は決まってるよ。あたしはさ、今、おなかすいたの」

——先刻の言い訳通り、大丸十階の都路里に先輩と私は辿り着き、抹茶パフェを注文した。

宇宙人の髪型のようなパフェが運ばれてくると先輩は携帯を取り出し「最高」と独り言を口にしながら角度を変えて何枚か写真を撮り、もうみんなの顔と名前は覚えられたのと訊ねるので、その画角に入らないよう身体を捩じっていた私は、いいえ先輩の顔しか分からないです、と返した。本当を言えば私は先輩の名前さえ分からなかった。彼女はそんなもんだよそんなもん大丈夫大丈夫と呟きながらインスタのストーリーを更新しようとしている。暫く沈黙していたが、彼女の背後の窓ガラス、その向こう側に拡がる八重洲のビル群に目が留まり「そういえばもう就活は終えられたのですか」と私が訊ねると、彼女は露骨に私に失望したかのような顔をした。そして誰もが知るような大企業の名を数社口にして「結局、第一志望だった出版社の編集職にした」と言った。さすがですね、といった凡庸なお世辞の一つさえ口にすることを忘れるほど、就活というものが、彼女に何の挫折も苦悩も与えなかったことが私には当然のように思われた。と同時に、これ以上彼女の前でこの話題を続けることはできないと悟った。

たとえば不安な人間が不安を一切失うことにさえ不安を覚えるのであれば、挫折経験がない人間の唯一の挫折は、挫折経験がないということになるのだろうか。何事も上手くやれてしまう絶望があるのだろうか。そんな絶望など少なくとも私には知る由がない。そして、何か完璧なものを目の前にした時、それを傷つけたいと思うのが人間の本能だ。

彼女をもっと知りたいと思うと同時に、私の口は勝手に彼女への攻撃を開始していた。

「インスタを毎日毎日頻繁に更新するやついますけど、あれはなんなんですかね」

「好きなものを好きって叫べる場所が、あそこにしかないからじゃないの」

「たった一人でそれを愛せばいい、叫べばいいじゃないですか、どうして好きなものを不特定多数に見せびらかす必要があるんですか」

パフェの上のクリーム。それを掬って口に運ぼうとする私のスプーンが、少し震える。

「てか君ってさ、インスタやってたんだっけ」

「やってません」

「ほんと？」

「秘密です」

「面接じゃないんだよ」

「承知してます」

「ツイッターは？」

「やってま……せん」

はいダウト、と先輩は軽く笑って、こう言った。

「呪いの言葉でも書いてるの？ ここで音読してあげるから、さっさと教えなさい」

「先輩はやってるんですか」

「君が教えないなら私も教えない」

やってますね、と私が笑うと、先輩はまたしても真面目な顔をして言った。

「そういうのが気になる子なの？」

先輩はそのままスプーン片手に腕を組み、斜め下を一瞥した後、私の方へと視線を戻した。

「考えたんだけどさ、好きなものって人を孤独にさせるんだと思う。同じものはできれば誰かと愛したいじゃん。パフェでもケーキでもさ、美味しい物を一人で食べた時、あの人にも食べさせたかったなって思うのと同じで。同じバンドが好きだったら、一期の疾走感が好きなのか二期のメロウな感じが好きなのか訊きたくなるってもんでしょ。てか、普段何聴いてるの？」

「ブランキーとか事変とか」

頭の中のiPodをひっくり返し、私は二番目くらいに好きなアーティストの名を言った。

「うわ、どっちももう解散してんじゃん」

「今のロックが、よく分かんないんです」

「それってお姉さんの影響？」

「僕に姉がいるって話、先輩にしましたっけ」

「そんなの、初対面で一発で分かったよ。あたしにも弟がいるし」

私が童貞かどうかも初対面で一発で分かったんだろうか。

「じゃあ本は？　普段何を読んでるの？」

「あんまり読みません。あんまり読んでも面白いと思えなくて」

「じゃあ、死ぬほど読みなさい。死ぬほど面白いのがあったら、あたしに教えなさい」

「死ぬほどですか」

「そう。死ぬほど」

「……分かりました」

不思議なことに、私の手はもう震えなくなっていた。先輩は話を続ける。

「あたしはインスタの雰囲気が好きかな。嫌いなものについて考える時間も体力も無駄だなって思える。みんな好きなものについてしか語らない。だから誰も傷つけない、傷つかない。で、街中の可愛いものを探して、可愛く撮って見せるのは、可愛いと思うんだよ。何が可愛いって、もう人類が。言い方が変かもしれないけど、誰かが料理の写真を載せるのとかさ、猫が生きた蛙とか取ってあたしに見せにきてくれるのと同じ愛おしさがある。要は認めて欲しいんだよね。私はこれが好きです、あなたはどうですか、あなたも好きだと嬉しいです、ってね。可愛いじゃん。それはそうと君も君でたった一人で彼らのこと嫌えていないとこが甘ったるくて可愛いよね」と想定外の反撃を食らい、図らずも私の顔は赤くなった。

二枚のナプキンでスプーン置きと折り鶴を作り終えた先輩は、そんな私を見て笑っている。こんな風に笑う人なんだと、私は想像もしていなかった。

「たった一人で嫌いたいんですがあまりに敵の数が厖大で困ってるんです。僕は友達がおらんから、友達との写真あげまくる奴とか、彼氏との写真あげまくる奴、とにかくめっちゃ幸せなことを頼まれてもないのに大声で叫んでる奴らのことが分からないんです。ほんまに好きなもんは見せびらかしたくないというか、独り占めしたいじゃないですか。あいつらにとって友達も彼氏もたぶんアクセサリーだと思うんです、違いますか」

私の隣に佐藤がいないことが悔やまれたが、いなくてよかったとも思われた。

「確かにあたしもそれはやらないかな。でもそれをやる人はやる人で、その関係が永遠じゃないってどこかで分かってるからじゃないかな。友達がいますって言う人って友達がいなさそうだし、妻のことが好きで好きでたまらないんですって言う人こそ不倫とかしてそうじゃない。逆パターンだったら絶対昼顔してるでしょ。愛し合っているって確信できないから愛し合っていますって言い合うんだよ。本当に幸せだったら何も言う必要がないし書く必要もないのと同じでさ。でもそれがたまに本当に溢れる時があるのも分かる気がする。自分の手じゃ負えなくなるくらいの幸せってあるんだよ。だから、許してあげなよ」

そうであるなら私は一生この幸福な、いや、一見幸福そうな世界から爪弾きされ続けなければいけない。そんなことを考える私を見透かしたのか、先輩はさらに続けた。

「君が他人の幸福を受け入れられなくて苛々するのは、今の自分の不幸を見詰めなくて済むからだよ。他人の粗探しをして他人のことを心の中で叩きまくってたら、自分の上手く行ってない人生は一旦なかったことにできるから気持ち良いんだよね。まず君はさ、君の不幸の根源を突き止めた方がいいんじゃない？　それが何かは分からないけど、自分が満たされない理由から、人は避けて通れないと思うよ」

彼女の言う通りだった。もはや私に反駁の余地は一切なかった。

冷えたパフェの器を持ち上げ、その側面を首筋や頰に当てながら、さらに先輩は続ける。

「てか、あたしは君のこと、このサークルで一緒になった以上は友達だと思ってたんだけど、君はあたしのこと友達と思ってないなら、なんだと思ってるの」

美人の悲劇とは、余りにも簡単に惚れられてしまうことだ。友達だと思っていた相手にも、惚れられてしまうことだ。では不細工の悲劇とは何か。余りにも簡単に惚れることである。

女と男が友達になれると、本気で思っているんだろうか。

「先輩です。先輩は、先輩です」

異様な速度で私が即答するのを見て、私が歳上と人間関係を結ぶことも、集団行動そのものを不得手としてきた人間であることも、彼女は容易く了解したのだろう。彼女が軽い溜息を吐いたことで、私はそれを知った。それはつまり未来の私の孤立を意味していた。

普通、孤立は孤独を意味しない。

しかし孤立は、孤独なのである。それを私は嫌というほど知っていた。

だが私は今や孤独ではなかった。彼女が孤独な人間であることを、私はこれまでの彼女のお喋りで直感したのだ。このような私の直感は常に醜い。卑屈な人間がこの世のすべてに卑屈を見出すように、私は彼女の孤独を見出し、私の直感の性能を改めて醜く信じたのだ。それにしても人間は自分の直感以外、何を信じられよう。ましてや東京に来たばかりのこの私が。

「歳上は歳下みたいに、歳下は歳上みたいに扱うべきなんだよ、知ってた？」

「誰の処世術ですか」

「映画で豊臣秀吉が言ってた」

「でもあいつ、晩年は様子がおかしくなって意味不明なこととしてましたよね」

「だからってニーチェの言ってたことも全然正しくないってことにならないでしょ」

惑星のような白玉を口の中にぽいと放り込んで、先輩は瞼(まぶた)を閉じ、また開いた。私は先輩とこうして二人でパフェを突っついていることにいつのまにか何の違和感も感じないばかりか、それが私たち二人にとって必然的なことであるとさえ思い上がり始めていた。

「何事も本気になった人は、みんな壊れちゃうんだよ。たぶん彼らのような人にとって、世界のすべてが本気に見えるから、壊れることでしか生きられなかったのかもしれないよね」

都路里のパフェの階層は一層一層の完成度が高く計算されていて美しい、愛があるよね、と先輩がパフェの中段のアイスにスプーンを傾けながら、ふわふわした批評を始めるので、仰る通りです、同感です、と加えたが、彼女は私の同感はもちろん、共感といったものも全く欲していない可能性を考えれば、未だ何一つとして面白いことを言えていない自分に焦った。彼女が私を発見した。私は何もできていない。私が彼女にできることとはなんなのだろう。

……私を突き放し、それでいて私を見透かす先輩の言葉は、私に不安と安心をほぼ同時に与えた。大抵のものは快と不快に分類できる。この感覚は、そのどちらにも属さなかった。

内乱罪って国家の統治機構を破壊する革命罪なんだけど、統治機構を破壊した後って警察も裁判所もないから誰も裁けない罪なんだよ。最も犯罪らしい犯罪、最も犯罪らしくない犯罪って渾名も付いてるくらいなの。可愛いでしょう。だから刑法に載っている罪の中であたし一番好きなんだ、と先輩はパフェを小気味よく崩しながら、今度はサークルの話をしてくれた。

こういうかくれんぼは月一でやるけど、メインはこれじゃなくて、サークルの会員が自由に企画を立てて実行するサブイベントがある。自由だから何をしてもいい。もしかしたらそっちの方が、夏の無人島合宿とか、冬の戦争よりも楽しいかもねと教えてくれた。

冬の戦争ってなんですかと訊ねると、チームに分かれ、十二月の一ヶ月を丸ごと使ってかくれんぼをし、その期間中は会員同士、どんな私的な嫌がらせ行為を行っても罪には問われないという私の理解を半ば超えたイベントのことだった。先輩によれば、去年大学の講義に出ている間、別の会員に自分の家の玄関のシリンダーを冷却破壊された上に侵入され、飼っていたペルシャ猫の全身の毛をバリカンで刈られ、その毛で手の平サイズの猫の人形を作られたという。先輩はその報復として対戦相手の上級生の家に不法侵入し返し、室内の水場という水場に乾燥ワカメを敷き詰め一時的に水場のすべてを使用不可能にした上、その家の中で大切そうに飾られていた定価十九万円のギターを、メルカリで送料込の五百円で出品し、十秒で買い手を見つけたという。さすがにそれは嘘でしょ、と私が言うと、「嘘だと思うなら十二月までは生きていなさい」と先輩はその日初めて楽しそうな顔をして笑った。無意味な暴力、そのもののような話だ。やはり私の予想は一部的中していたのかもしれない。一瞬でも彼女を普通の女子大生かもしれないと思ったことを、撤回せねばなるまい。

話題はいつしか、より効率的に人を傷つけるにはどうすればいいかという話になっていた。

「でも、あの、さっきの話に戻りますけど、好きな人が好きなものについて話すのは許せますし、どんどんやって欲しいと思うんですけど、好きな人が好きな人について話すのは、誰かが絶対傷つきますよね」

私の口は相変わらず彼女への反駁を続ける。あたかも子供が駄々(だだ)を捏ねるかのように。

「でもそれは致し方ないよね」

「インスタで誰も傷つかへんというのは嘘だと思います」

「君はインスタとかで傷ついたことあるの」

あ、でも確かに、あたしの許可なく自分だけ可愛く撮れてる写真をあげられるのは、めちゃきついな、だって一生残るんだもん、と先輩が聞き取れないほどの小声で細く呟く。

「インスタしてたりツイッターしてたりLINEしてて、傷つかない人なんて、いるんですか。言葉とか他人に触れて無傷でいられる人なんているんですかね、いや、分からないですけど」

「それってさ、男女の友情は成立するのかって話に似てる気がする」

男女の友情、というフレーズがふと生々しく感じられ、私は思わず口を噤んだ。

「成立するって信じている極少数派同士なら成立するし、そんな存在を信じていない多数派同士は成立しない。見た目がタイプだったら男女の友情なんて絶対成立しないだろうし一回そうなったらもう無理だもん。要はさ、どうでもいい人には傷つけられることなんて互いにないけど、どうでもよくないって思った相手には絶対に傷つけられることになるんじゃないの」

そうなんですね、というなんの毒にも皮肉にもならない相槌が私の口から漏れる。

「色んな人がいるから、色んなことがあるかもしれないけど、でもさ」

「はい」

先輩はまっすぐに私を見詰めて、言った。

「とにかく、遊びまくりましょう。私たち学生は、恥を掻くのが一番大事なことなんだ」

最後の白玉をパクッと口に放り込んだ先輩は、間違えて人間として生まれてきてしまった猫のように無防備な背伸びをして、もうすぐ戻ろう、そろそろ制限時間切れるし、優勝者の発表もあると思うし、あたしの推測ではロッカーの上に隠れた奴が絶対誰も見つけられなかったと思う、で、この後は飲み会だけど、もちろん君も来るよね、とスピッツのスピカを鼻歌で歌いながら機械式腕時計の発条（ぜんまい）をくるくると巻き始めた。

私はまだ彼女に訊きたいことが山ほどあった。つまり、訊けないことが山ほどあった。

この時、なぜか、大して年齢の離れていないはずの先輩が自分よりも遥かに大人に見えた。と同時に先輩自身は子供のように振る舞うこともできる、その自由な落差が、彼女の天真爛漫（らんまん）な性格によるものか、それとも私を安心させようとしているための優しさからなのか、あるいは、何か考えているようで何も考えていないだけなのか、それが判断できない自分に、私は焦りを通り越し苛立っていた。私が東京に来て、初めて関心を持てた人間が彼女だった。そうなった理由を私は知りたかった。知って安心したかった。

私が彼女の気まぐれを疑うのは、私もまた気まぐれな人間だったからだろうか。あたかも、浮気な人間が他人の浮気を疑うことをやめられないように。そうして私は先輩がこのまま気づかなければいいと思った。私が何の取り柄もない人間だということに。

落下する夕焼けを受け、八重洲全域が限りなく黒に近い、深赤と藍色に染まり出している。

ごめんなさい僕飲み会苦手なんでやっぱり行きません、あらお酒が苦手なのかな、いえ苦手ではないんですが飲み会の席でやっと分かり合えるような人と分かり合ったとこでなんやねんと思いますし合コンには合コンしかせんパリピしかおらんし相席屋にはセックスのことしか頭にない下半身野郎しか来ないのと同じじゃないですか、随分と酷いことを言ってくれるけど君ならそう言うと思った、確かに言い過ぎました、あたしはお酒が大好きなので行きますね、すいません、行きたくなければ無理して行かなくてもいいから大丈夫、と先輩は笑って、あ、そうだそうだと携帯を取り出した。「もし次、あたしの見えないとこで君がケヴィンに捕まりそうになったら君もあたしも困るから」と、先輩はＬＩＮＥのアカウントを私と交換してくれた。

本当は、居酒屋に行くようなお金がなかっただけだった。

先輩のＬＩＮＥのアカウント名は実名でもコードネームでもなかった。

そして、それは私も同じだった。

このサークルで男女の友情は成立するのだろうか、とふと思ったが、そんなことを訊ねるのは野暮を極める気がした。レジで財布を出そうとすると、店員が「お代は頂いております」と断る。私がお手洗いに行っている間、先輩は会計を済ましてしまっていたのだ。

——丸の内北口にはサークルの会員が集まっていた。

私は先輩と別々に、その場所へ戻った。

先輩は鼻歌を丸の内サディスティックのイントロに切り替えていた。

最後まで隠れ切ったのは、先輩の言う通り、駅内の監視カメラからも通路からも死角となるロッカーの上に二時間以上寝そべっていた長身の五年生だった。その彼が、晴れて大手の公認会計士事務所への内定を決めたことがなぜかディルドの口から発表され「調子に乗るな」「この篦棒め」「あと三千回留年しろ」といった野次とともに、会員による散漫な拍手が送られた。一方、私と同じ新入生数名は新入生同士ですでに固まっていて、誰を見つけたか誰に見つけられたかという話から、互いの所属学部学科や出身地などの身の上話に興じている。数日前大学に爆破予告があり午前が緊急休講となったことも、学部学科の試験内容を流出させた裏サイトが学内の何者かによって公開されたらしいことも、その新入生同士の会話で私は初めて知った。友達がいない人間から脱落する、という佐藤の話はどうやら真実なのかもしれない。事実、その話を横から聴きながら、もはや私は曖昧に笑うことしかできなかった。

三人でいても二人だけが話し、残りの一人だけが黙って笑っている光景をよく目にすることがある。その残りの一人が、いつも私だった。五十人以上いると思われる一団の中から、先輩の姿を捜すと、彼女も同学年の女性に囲まれ何か別の話をしている。かと思えば、先輩の方からこちらへと近寄ってきて、私の隣にいた新入生のサブカル野郎や丸メガネ、メンヘラ崩れや個性派気取りのお洒落野郎のくだらない音楽趣味の話の聞き手に回り、そこに、軽妙な冗談や相槌や自虐話を打ち始めたばかりか、他の先輩らも巻き込んで、また新たな輪を作っていた。美しい人誑し、その見本を見せられているかのようだった。

些か強張っていた新入生の頬が緩み始めたのが直視せずとも分かる。私も先ほどまでこのような醜悪な表情をしていたのだろうか。

この時、やっと分かった。

この人はきっと、誰にでも優しいのだ。

誰にでも優しいから、誰にでも好かれるのだ。

……私はなぜかこの時、はっきりとこのサークルに失望した。

考えるまでもない。おそらく先ほどまでのことは彼女にとって、道に落ちていた財布を拾って交番に届け出るような、腕時計の発条を巻くような、何てことのない義務感や市民的善意から出た行為だった。サークルの会員のギターを売り払った時でさえ、そのギターのヘッドの上に埃が溜まっていることを確認してから彼女は売り払ったに違いない。私はいつしか講堂前で一緒に昼飯を食べた佐藤の背中、そこにいた蠅の輪郭を思い出していた。蠅ですら自らが行きたい方角に飛んでいくことができる。なにを今淡々と行うべきで、そこに一つの感情も必要ないことを知っている。それに比べてなんと私は無様だろう。私は今、蠅以下だ。先輩は結局それから私の方を一度も見ることはなかった。ディルドが二次会を行う新橋への移動を告げると、一同は東京駅改札口へと吸い込まれていく。

私はその最後尾に付き、タイミングを見計ってその集団を抜け、真逆の夜を目指した……。

……その夜、東京タワーを初めて芝公園から一人で眺めた。

電波塔としての役目をとっくに終えた鉄塔が、複雑な骨を剝き出しにして、何の悪びれも、何の不安もなく、港区の真ん中に聳え立っている。誰からも愛されることを知っている表情、その愛が途絶えることはないことを知っている表情。そしてどこか、それに憂えている表情、かといってその特権を、未来永劫手放す気はない表情。さらには、自分の表情を覗く人間には決してそれが手に入れられないことを知っている表情。右往左往しては右顧左眄する人間を、まっすぐに見下ろしては、さらに鉄塔としての使命をより強固に獲得する、確信犯的な表情。

およそ途方も無い時間、私は鉄塔を眺めていたと思う。

東京が冷たいというのは、地方出身者の一時の気の迷い、八つ当たりのようなものであるとして、東京タワーが温かいというのは、愈々（いよいよ）私には信じられなかった。あるいは、あの鉄塔が何らかの恋愛や家族や成功や安定や安全や幸福や普遍や不変の象徴であることが、私には到底承服できなかった。むしろそれらの概念とは、真逆の、つまりは不幸の根源、不可能の象徴のように思われたのである。

誰にでも優しいというのは、誰にでも冷酷である、ということに他ならない。

五月の夜は間抜けな春の熱を失いかけ、知らず識（し）らず私の手を震わせる藍色に落ちていた。

桜の気配もどこにもない。その夜の虚（むな）しい温度に私が連想したのは亡霊だった。

……かつて夢で、桜だけを延々と食らう巨大な女の亡霊を見たことがある。その桜は夙川（しゅくがわ）のそれだった。その夢においてでさえ、亡霊は私を一瞥することなく桜から桜へと飛び移っていくのみだった。なぜ私はその亡霊を思い出すのだろう。忘れられないのだろう。誰からも愛されず、誰をも愛さないということは、この街で亡霊となることを意味していた。最も悲惨な亡霊は自らが亡霊になったことに気づいていない亡霊か、それとも亡霊であることを自覚しているにもかかわらずなにもできない亡霊か。

両目が滲んでは霞む。それが花粉のせいか眠気のせいか漠然とした不安のせいか、よく分からなかった——。

乾いた手で目をこすり、もう一度東京タワーを見る。

すると鉄塔の輪郭が一瞬ぼやけて、鉄塔のすべてが燃えるように揺らめいて見えた。

ボスのカフェオレを屑入れに捨て、両耳にイヤフォンを突っ込んだ。今年の三月まで好んで聴いていた曲を再生する。東京や東京の地名が付く曲を選んで聴いた。しかし、どの曲も私に響かなくなっている。音楽が記憶の保管媒体であるとしたなら、その記憶ごと失われたということになろうか。この港区で、懐かしむべき過去も思い描くべき未来も、現在さえもなかった。音楽がそうならば、私がこれまで救われた映画、小説、その台詞の一文も私には無効となった可能性がある。

帰り際、陽気な黒人らに「クラブに入れ」と六本木で絡まれた。渋谷では白人の男が手持ちの傘を何度も女の顔面へ振り翳す光景を見た。信号以外に何の光も放たなくなった原宿を通り過ぎる。「死ね」と絶叫しながら赤コーンを空高く蹴り飛ばすホストが千鳥足で裏道へと消える歌舞伎町を見るともなく見た。東京も、その夜を歩く私も、死んでしまえばいいと思った。

空腹を覚え、マクドナルドで百円のハンバーガーを買う。

上京して以来、一人の時はコンビニでお湯を入れたカップ麺しか口にしなかった私にとって、その百円のハンバーガーが唯一の贅沢だった。私の家にはテレビはもちろん、電子レンジも冷蔵庫も洗濯機もない。参考書や問題集をメルカリで買うためにいかなる贅沢も文明品の購入も自分に許す訳にはいかない。パサパサのハンバーガーを近くの駐車場で座り込んで頬張れば、だらしなく鼻水が出てきた。食べたものが人を作るなんて嘘だ。見たものが人を作る。あるいは、見ようとしたものが、人を作るのだ。

結局、自宅に辿り着くのに三時間超を要した。

ポストに入っていたピンクチラシと請求書をそのままゴミ箱に捨てる。

もしかしたら誰かサークルの会員が遊びに来ることだってあるかもしれない。そう思って、隅々まで片付けておいた自室が、その日私が目にした光景の中で最も痛々しく見えた。

悪寒と微熱を感じてシャワーに入り、熱湯を浴びれば、ほんの一秒、号泣しそうになった。

真夜中二時頃になっても眠れず、ベッドで仰向け(あおむ)になり佐藤のインスタを睨(にら)みつけていた。

そして私は、重要なことを忘れていたことに気づいたのである。

インスタで「都路里」と検索する。検索結果をスクロールすれば、先ほどまで私が着ていたシャツ、それが写った写真と、その写真を撮ったと思われる先輩のアカウントは拍子抜けするほど簡単に見つかった。プロフィールを辿る。間違いない。彼女のツイッターのアカウントも判明した。これで彼女の実名も所属も文体も、余裕で把握できる。とほくそ笑んだはいいが、どれだけ写真や呟きを遡ったところで、彼女と親しい人物は分かっても、肝心の彼女の実名はどこにも書かれていなかった。誰に見られても構わない程度の情報だけを、彼女は選択的に公開しているのだ。思えば、そうするのが当たり前だ。フォローボタンを押そうか迷う。でも、押して、何になる。卑屈の塊のような言葉と写真が並ぶ、誰も見ていない私のアカウント。それを彼女は一発で私のものだと見抜くだろう。否、否、絶対にフォローしてなるものか。

そうして彼女の数日前、数週間前、数ヶ月前、気づけば数年前の投稿まで食い入るようにして見ていた。人のSNSを盗み見るのはどうしてこんなに面白いのだろう。きっとそこに書かれたことより書かれていないことの方が多く、撮られたものより撮られなかったものの方が遥かに多く、その見えない部分にこそ人間の真実が見え隠れするからかもしれない。私が彼女の過去について異様な速度で詳しくなっていると、珍しく、母からではないLINEの通知があった。

「ねぇ、もう寝ちゃった?」

驚きの余り、携帯を鼻に落としそうになる。

「寝ました」

「なにしてたの」

「クララに往復ビンタしてました」

「なにそれ。下ネタ？」

「飲み会は楽しかったですか」

「楽しかったよ。でもあたし、飲むと眠れなくなっちゃうんだよね」

この人誑しは、私をどうしたいのだろう。

「眠れない時は無理して眠ろうとしないのが一番良いらしいですよ」

「知ってるけど、それができないの」

「それは先輩が単なる優等生だからですよ」

「寝てあげるから、なんか面白い話して」

「面白い話してって台詞、面白くないから嫌いです」

「いいから早く」

私はこの人誑しを、どうしたいのだろう。

「ドキンちゃんでオナニーしたことのある男子校の友達の話でもしましょうか」

「もっと良い話にして」

「この前メルカリで、もう着なくなったTシャツを売ったんですよ。レッド・ホット・チリ・ペッパーズのバンドTシャツなんですけど」

「レッチリ好きなの？」

「いいえ、普通です」

「幾らで売ったの？」

「八百円です」

「ギターより高いじゃん」

「でね、メルカリって、買ってくれた人の住所が出るじゃないですか。それを買ってくれた人が歌舞伎町在住だったんです。僕の家も新宿じゃないですか。歩いて届けに行った方が、むしろ送料が浮くくらい近所だったんですよ」

「利益出るもんね」

「そうです。で、気持ち悪いことは承知の上で、僕のレッチリ買った人の、家の外観だけでも見てやろうと思って、その住所行ってみたらね、そこ、廃墟のビルだったんです」

「どういうこと」

「僕も意味が分かりません」

「もしかして怖い話なの、これ」

「全身鳥肌が止まんなくて家帰って、でもとりあえずレッチリを発送しました。封筒で。発送しましたってメッセージも送りました。でも案の定、返信が来ないんです。取引終了にならないんですよ。受け取ってくれたかどうかも分からないまま、まだそのままになってるんです」

「怖い話じゃん、ばかなの？」

「とばっちりですよね、レッチリだけに」

「チッ」

「でももし、幽霊がいたとして、僕のレッチリのTシャツを欲しがって買ったんやとしたら、それ、めっちゃ可愛くないですか」

「確かに」

「怖いしキモいけど、可愛いですよね」

「うん、可愛い」

「なんでもかんでも可愛いっていうの、やめた方がいいですよ」

「うるさいわ、てかダメ、さっきより寝れなくなった」

「じゃあ怖い話はこのへんにしておきます」

「よし」

「全然話変わるんですけど」

「うん」

「この前僕、傘盗まれたんですよ。大学で。親父からもらった結構高い紺色の傘なんですけど。教室出たら傘立てにそれがなくなってて。でね、腹癒せにそこらへんのボロボロのビニール傘盗んで、コンビニに入ったら、またその傘盗まれてたんです」

「業が深いね」

「思ったんですけど、この世で一番最初に傘を盗んだ人間がどこかの時代にたった一人存在するんですよ。暴力の連鎖、その起源みたいな存在が。日本で最初の傘泥棒って、たぶん遡って遡りまくれば、江戸時代くらいまで遡れるかもしれませんよね。そいつ、つまり日本で初めて傘を盗んだ奴と盗まれた奴は、どんな気持ちやったんやろうかと思うと、なんか可愛く思えてきたんですよね」

「その傘泥棒も今頃天国でビックリしてると思うよ、今更自分の噂されて」

「天国ですかね、傘泥棒は地獄に行ったかもしれませんよ」

「でも傘泥棒を地獄に落とす神様が作った天国って、ちょっと地獄っぽいな」

「財布盗まれた時も同じ気持ちしませんか」

「しない。全然、しない」

「俺はします。盗んだ奴がせめてその一万円かなんかで、めっちゃうまいもんを腹一杯食べるとか、めっちゃ欲しかったもんをやっと手に入れるとか、めっちゃ行きたかった場所に行けたらええなと思うんです。盗んだ金で食う飯も着る服も眺める景色もたぶん醜いけど美しくて、そうしてもらわんと財布を盗まれた俺が全然浮かばれないじゃないですか。まあムカつきますけど」

「もしかして君はあたしの気を引きたいの」

思わず舌打ちした。私はこの人誑しの掌の上では絶対に踊らない。

「天国ってどんなイメージですか」

「マクドナルドの隣に、洋服の青山とすき家とイオンモールがあって、海の匂いはするけど海はなくて、空とか建物とか全部白のイメージかな」

「本屋はないんですか」

「天国にジュンク堂も紀伊國屋もタワレコもTSUTAYAも何もないと思う」

「なんでですか」

「だって天国にいるじゃん、名作を作った人たちが。きっと彼らがライブとか読み聞かせをしてくれるんだよ」

「読み聞かせの場所に行くための交通機関とか、ライブを行うための貨幣制度とか貧富の差とか、この世の鬱憤とか絶望とか、物理法則も感情も何も全部ないってことですかね、天国に。乙女ですね」

人は相手を傷つけようとする時、自分が言われたら一番傷つく言葉を選ぶものらしい。

「それはそれで地獄っぽいね」

「天国と地獄なんてたぶん色違いの服みたいなもんですよ」

「少なくともベッドの中は天国だよ」

「それは良かった」

彼女は絵文字も顔文字もステッカーも使わない。それが私には嬉しかった。

「頭使ったら眠くなってきた」

「頭使う要素ないでしょ、これに。でも僕もです」

「おやすみ」

「良い夜を」

「君もほんとに寝てね」

「そうします」

「おやすみ」

「おやすみなさい」

携帯を枕元に置いて、時間を確認した。真夜中三時になっている。ずいぶん遅くなった、と目を瞑り、そして再び開けば、カーテンから容赦無い光が差し込んでいた。

携帯を見れば朝八時半になっている。
何日ぶりにこんなに眠れたのだろう。
思い出そうとしたが、一限に間に合うためには、すぐさま家を出る必要があった。

その人の優しさが、冷たさによるものなのか諦めによるものなのか、寂しさによるものか気まぐれによるものか、トラウマによるものなのかプライドによるものなのか、ふと分からなくなった時、雨に打たれたような気分になる。20XX/05/08/17:39 RT:0 LOVE:0

第五章

愛は脅迫状

拝啓　東京タワー様

初めまして。お元気ですか。

これは、私の恋文です。

私はずっとあなたを見ていました。あなたは、私に一瞥さえくれたことはないと思います。でも私は、ずっとあなたを見ていました。初めて東京に来て、丸の内のビルにあるソー・タイアードというバーカウンターで、父と一緒にあなたを拝見して以来、暇さえあればずっと、あなたを見ていました。父は、あなたを美しいと言いました。私もそのとき、そう思いました。その夜の空は、中途半端な紺色に落ちて、その色は私がついこの前に捨てた高校の制服と同じ色で、くだらない三日月、その下にあなたが超然と立っていたのです。この世のありとあらゆるくだらないものの中で、唯一あなただけが私にはくだらないものではないものに思われたのです。あなたは東京が好きですか。私は嫌いです。たぶん東京も私のことなんて嫌いです。だから東京と私は両思いです。前置きが長くなりました——これは、私のあなたへの恋文です。

なぜだろう、私はあなたに近寄れません。近寄ると壊れると思ったんです。私だけではなく、あなたも。高校の美術の時、自由に好きな素材を用いて好きな物を造型せよという課題が出ました。私の隣のクラスメイトは針金で精巧なあなたの模型を作り、赤と白に着色してみせました。こんなことを申し上げるのも照れますが、私は普段美術は満点しか取ったことがありません。ですが、その課題で私はなにも作れず、初めて0点を取りました。隣のクラスメイトが私の真横で何十時間と掛けて作ったあなたの模型は、もちろん満点でした。学期が終わるときに、その模型が造型主に丁寧に破壊されるのも私は見ました。私たち、人間に流れている時間は、所詮この類の繰り返しに過ぎません。あなたはこれについてどうお考えになりますか。

……私は、あなたを愛しています。とても。気色悪いでしょうか。どうぞ、慨殺してください。こんなにも私があなたと目を合わせられず、こんなにもあなたを見詰めると恥ずかしく、こんなにも憎んでいるのだから、たぶん私はあなたを愛しています。だからあなたは私を愛さないままでいてください。百年後もずっと、存在していてください。お元気ですか。お元気ですか、とは、お元気ではない人がお元気ではない人に掛ける挨拶ですよね。私は元気です。そちらもお元気ですか。お元気だといいです。いつかあなたの所に行きたいと思うけど、二度と行けなくてもいいとも思っている。

でも、愛しているんです――。

敬具

――このような私信を、東京タワーのオフィシャルサイトに送ると、その二週間後、東京タワーから展望台のチケットが二枚送られてきた。

第六章

寂しいって言ったら死刑になる星で

BIRKENSTOCK
Condomania

セックスをする時間より会話する時間の方が長いし、会話する時間よりそもそもお互い一緒にいない時間の方が長いから、不在の相性ってもしかしたら一番大事なのかもしれない、という知れ切った結論に佐藤が至ったのは、かねてから目をつけていた広告研究会の女と一度セックスをして以来、その女が朝から晩まで連絡を入れてきて、他に女がいないことを確かめては自分を束縛しようとする、そんな死ぬほどくだらない理由からだった。

結局その女とは付き合ったのかと訊くと、セックスしたのに付き合う理由がこの地球上のどこにあるんだよ、男は寝るまでが本番で、女は寝てからが本番だ。だが、この世には手を繋いでもセックスしても恋人になれない関係があるってことは、ああいう女が大好きな教科書に載ってないから、実地で勉強させるしかないんだよ、と佐藤は吐き捨てるように言った。ふと、氷のように冷えた先輩の手を思い出し、すぐさまその記憶を頭からかなぐり捨てる。男は、とか、女は、とやたらに主語の大きい構文を口にしては得意げな顔をしてみせるのが、この男だった。人によってはそれが人間的な自信に溢れる姿に映ったのかもしれない。事実、彼はひっきりなしに女を替え、その話をする度、私を不快にさせた。しかし百回に一回は真理めいたことを偶然口にするのも佐藤なのだった。もし私が神様で地球上の人間の一人を殺さなければいけないとしたら、間違いなく佐藤を選んでやる。

六限目が終わった後、私と佐藤は並んで馬場歩きをしていた。

高田馬場のコットンクラブに入ると、佐藤はメニューを見ずにローストビーフとポテトフライ、アサリとバジルのスパとジンジャエールを注文し、電子煙草に火をつけた。その一連の動作に愈々私は苛立ち、おまえは死にたいのか生きたいのかはっきりせえや、てか死ね、と言うと、ゆっくり生きてゆっくり愛されてゆっくり死にたいかな、と佐藤は微笑んだ。私は佐藤と寝たその女が今何を考えているか分かる気がする。彼女はおそらく紺色のブラウスに白のスカートを合わせ、親に買ってもらったケイト・スペードかコーチのバッグで通学する茶髪を巻き髪にした時代後れな良家の子女で、これまでもこれからも何かに負けることなど認められないし、ましてや、男に捨てられたことも絶対認められないのだ。復讐しないと気が済まないのだ。ここはコットンクラブの二階で、佐藤に飛び降りて死んでもらうには些か高度が足りないし、佐藤が刺し殺されるには余りにも店の雰囲気が良すぎる。佐藤が教えてくれたこの店は、どの一品を頼んでも、味は完璧だった。この世に不要なのは佐藤という媒介だけだという確信を私は改めて強くする。甘口のジンジャエールを飲んでいた私の前で、背の低い女や男の性欲が異常に発達しているのはある意味種の保存の原則に適している、とか、自撮りを頻繁にあげている女は承認欲求の閾値が低いから標準の女の三倍は早く落とせる、とか、哲学科の女は美人が多いが初めて寝た夜に号泣し出すから最悪だ、とか、十五人全員が別々の理由で遅刻したため爆発事故を免れた聖歌隊がいたというトリビアクラスに何の役にも立たない話を一通りし終え、佐藤は、「で、おまえの近況はどうなんだ」と、その日初めて人間らしい発言をした。この問いが来ることは彼に会う前から十分に予見できたのに、いざそれに応じるとなると、私は答えに詰まった。

もちろんそれは、最近見た映画や読んだ小説の感想を言え、という意味ではない。仮にどんな傑作を見たとしても、こいつの前でそれを話すことも、話したいと思うこともないだろう。佐藤はそのことを知っていた。私も佐藤がそのことを知ってるのを知っている。だからこそ「なにもない」というのは気が引けた。為す術なく私がグラスの氷をいつまでも前後左右に揺らしているのを見かねたのか、かつての高校の同期たちの近況を佐藤は開陳し始めた。TK大の医学部に行った加藤は血を見るのが嫌で現在は引きこもりになっている、とか、KT大に行った室井が早速起業した、とか、死ぬまで童貞で終わると思っていた内田が入学早々同学科の女とヤッたとか、そんな類のどうでもいい話だ。どれも私にとって初耳だった。つまり彼らにも私の近況はこの佐藤を介して共有されうる。頷くことすらやめて、店内に流れていたサラ・ヴォーンのスキャットが思い出したかのように降り始めた雨音に溶けていくさまに耳を澄ませていると、ところでおまえが可愛いって思う子ってどんな女の子だ、と佐藤が話の趣旨を忙しなく変えてみせた。

テーブルのキャンドルが佐藤の一見神経質そうな手、その甲の夥しい血管を浮かべている。

「可愛いと思ったことがない」と私は答えた。

「女の子に？　もしかして人間界は初めてか？」

所詮他人を道具のように扱う男が、女の子、と発音する度、気が遠くなりそうになる。

思えば何かを美しいと思ったことはあれど、可愛いと思ったことがほとんどない理由は、私自身においても容易に説明し難いことだった。

思うに可愛いとは、手に入れようと思えば手に入れられる複製品、あるいは自分の存在より遥かに劣後する、不憫なものに対して抱く優越感のようなそれだった。「美しい」とは、その逆だ。手に入れようとしても手に入れられない、その一点にのみしか宿らない、そして私の存在より遥かに優越するもの。もはや、憧れられることへの憧れも、他人の好悪も自分の好悪も、とっくに超越した存在。可愛いにはその微かな孤独の香りさえない。私にとって何かを可愛いと思うのは文字通り、論ずるに値しないという意味だった。軽蔑や侮辱と同義だった。況や可愛いものを可愛いと形容するのは、薔薇は赤く空は青いと形容するほど、誰でもできる仕事であり、この私が関わる理由などどこにもないと思われたのである。

なにを勘違いしたのか「言っとくけど、俺はおまえのことが好きだがそこまで親密になる気はないからな」と佐藤がふざけるので、そうじゃねえよ、と私が断れど、抱かれる側と抱く側があるんだよな確か、と佐藤は頰杖をつきながら、相変わらず減らず口を叩き、さらに問いを続けた。「可愛いって思ったことがないって、じゃあどういうことなんだ」

「いや、嘘だ。ある。あるかもしれない。でも、それがどうした。五年後、十年後、五十年後、価値が暴落するか、消え去っているようなものを好きになって、なんの意味があるんだ」

でも寝顔が可愛いって言うのは重要だろ、もし結婚したら富める時も貧しい時も健やかなる時も病める時も何十年とその顔を見て寝て、その顔を見て起きることになるんだからと佐藤が言う。妙な部分で嫌に現実主義を取ったり、結婚という言葉をその年齢にして口にしてみせるのが彼であり、そしてそれに的確な反駁を加えられないのが私で、その差に改めて腹が立ち、もう肯定も否定もしないことにした。

「じゃあ、好きなものも一つもないのか」と佐藤が言う。

——ふと頭の中に、東京タワーが浮かんだ。

あの夜、初めて東京タワーを眺めて以来、数え切れないほど私は芝公園に足を運んでいた。

まるでそれしか芸当のない下等な動物のように、毎夜同じ物を同じ位置から眺めた。この夜の日課は義務となり、義務は水となり空気となり、鉄塔は何もない私を唯一潤かし、唯一潤わせた。鉄塔が夢に出てこなかったのが不思議なほどだったが、考えれば当然だ。夢に出ることさえないほど、あの鉄塔は私の中で自明の存在となっていたのだ。何の取り柄もない人間が藁にも縋る思いでたとえば恋愛や趣味に依存するのはよくある話だ。だが私のそれは些か趣味というにはあまりにも閉じられ、恋愛というにはあまりに憎悪が色濃く滲んでいた。たとえようのないこの行為が、そのたとえようもなさによって、十八歳の私にとって特別なものとなったのは言うまでもない。語彙が足りないことによって生き延びる人間は存在するだろう。その逆の例が莫大な数、存在するように。

私の東京タワーは、私以外の東京タワーともはや同じ形状を結ばない。さらに私の東京タワーは、私が見るそれ、私が口にするそれとさえ同一の形を結ぶことはない。口にした瞬間、あの鉄骨、その一本さえ確実に失われることになる。何かを言葉にしようとした時点でまず色が抜け落ちる。言葉にできた時点で香りも形も崩れ落ちる。それが言葉にされ相手に受け取られた時点で一切の真実はそこから辷り落ちている。私たちはこれを、たとえば愛する人間の愛する所作を日記に残そうとする時、それを完全に記すことはできず、写真に撮ろうとする時、それを完全に保存することもできず、巨大な不全感を伴って思い知らされることがある。言語化できないがゆえに言語化を諦める結論を取る。その瞬間、事実の崩壊が、記憶の自壊が、思い出の美化というものが始まるのであろう。

未来が過去に勝てる筈がないように、言葉が感情を追い越して私を救うこともありえないと思われた。言葉で何とかしようと思った時には、言葉はすでに役立たない。その不能感さえ鉄塔から私に向けられた贈り物のように思われた。「言葉も、おまえも、何の役にも立たない」

もはや誰も本当に美しいと思うものはインスタグラムにあげず、本当にどうしようもない独り言はツイッターでは言わない。本当に語られるべき台詞を、ＬＩＮＥで言い合うこともない。どこにも行き場がなくなった言葉と写真が、一人の人間の携帯電話の中に閉じ込められたまま廃棄物処理場で鉄屑の一つになってしまうとして、それを集めて展示した美術展があればどれだけの人間が好奇の目を携えて訪れるだろう。

「すべて終わる。おまえには意味がない」

死ぬまで人目に曝(さら)されない憤怒(ふんぬ)、悲哀、諦観。

その色はおそらく黒色ではない。あるいは白色でもない——。

私が東京タワーのことが好きなのか嫌いなのか、という判断は、それらの色が何色であるかという事実より、遥かに劣後する事実だった。

仮に私が、あの鉄塔を誰よりも愛したとして、誰よりも憎んだとして、何になるのだろう。


「俺には好きなものがないんだ。命懸けで好きになれるようなものが、一つも。そして、それがなくて、ずっと困ってるんだ」

……何もかも相手に理解されたいと望むのは愚か者の望むことに違いない。

佐藤は、私の発言を解することはあっても私のこのような心理を死ぬまで解さないままで良いと思われた。それが私と佐藤の、あるいは私と社会、世界との然るべき距離だった。仮に佐藤に私が理解されたとして、以降私は私という形を保てる保証がどこにあるだろう。そんなたとえようもない、それでいてどうしようもない不安が、私の鼻先でいつも無様に揺曳(ようえい)していた。

だが私は、私に集中する余り、私の判断にも大きな過怠があったことに気づく。

——好きな人も好きなものもないと口にしたのは確かに私なのに、なぜかそう口にすると、佐藤の方がより、好きな人や好きなものなど、なにも持ち合わせていないように思われたのである。

もしそれが事実であるならば、佐藤は私より美しい。

もし私がそれを摘示すれば、佐藤は傷つくだろうか。

傷つき、誰も何も愛していない己の在り方に目覚めて、虚無的な行為を続けるだろうか。

美しいとは、おそらく、外見でも内面のことでもない。ただ一つの目的に向かって迷うことも臆することもなく、恐るべき速度で飛んでいく、その行動的な狂気のことだ。あるいはその予感を孕む、静的な狂気のことだ。この男は美しくあってはならない。私以外の理由で傷ついてはならない。私が傷つけようと思って傷つける時しか、傷ついてはならない。断じて、美しくあってはならない。が、どうすればこの人間をこの逼迫した事態に勘付かせぬまま根本的に台無しにできるか思いつかず、私は佐藤のくだらない質問責めにこうして見舞われることになった。「おまえのそのなんとかなんとかってサークルには可愛い子も美人もいないってわけか」「それがいる」「へえ仲良いの」「まあ」「で、ヤッたのか」「なんで下半身先行で話が進むねん」「人はヤッた人間を好きになるんだよ」「知るか」「これ三枚ある。持ってけ」「は?」「一枚目は練習用、二枚目は本番、三枚目は二回戦用」「違う違う、全然違う、俺と先輩はそんなんじゃない」「歳上か」「歳下を好きになる男に碌(ろく)な男はおらへんやろ、おまえと一緒にすんな」「名前は？　誰似？」「それ教えて俺には何の得があるんじゃ」「知り合いの知り合いの可能性がある」「アルカイダかよ」「教えろ」「教えて教えてってアルプスの少女ハイジか」「学部学科は？」「名前も学部も知らん」「は？」「知らん」「ネット恋愛ってことか」「とにかくそんなんじゃない」「彼氏がいる人か」「知らん」「そんなことも確認してないのか、おまえほんま恋愛指南塾通え、それか俺に教えを乞え、てかこの前良い本見つけたから今度貸してやるよ。『いつか別れる。でもそれは今日ではない』って本なんだけど」「誰がそんな本読むかボケ」「とにかくヤッたら教えろ、少年が二度と少年に戻れなくなった瞬間の話が聴けるのを楽しみにしてるから」「勝手に言っとけ」そう言い返し、確かに佐藤の言う通り、私は先輩のことをなにも知らないことに気づかされたのだった。そして、なにを知り得ればその人間のことを知ったということになるのか想像さえつかなかった。

——それにしても。

好き嫌いが一体なんだというのだろう。

好き嫌いを超えたものにしか、真実はないのに。

くだらない講義のため、くだらないバイトを重ねた。明るい青春をするにも、暗い青春をするにも、そもそも生きていくには金が必要なのだ。

五秒に一度ベルトコンベアーに載って目の前を襲ってくるアマゾンの箱を、割れ物と割れない物とに仕分けるバイトでは開始一時間で腰に砕けるような痛みが走った。新宿西口や神保町の交差点での交通量調査のバイトでは、通行人がこちらを憫殺する視線が四六時中皮膚に突き刺さる。治験のバイトもした。未認可の医薬品を服用し、二泊三日留置針を左腕に突き刺されて採血と採尿をされるだけの仕事だ。ただ薬を飲んで眠ったり起きているだけで一日一万円以上もらえるなら、何も痛くなかった。ある薬を試す試験では少しの事件があった。朝七時に薬を飲み終えたその十分後、私を含めた参加者の十五名中一名が、ベッドの上でいきなり叫び声をあげたかと思えば、激しい痙攣（けいれん）を起こし、白目を剝（む）いて口から泡を吹き出し始めたのである。他の参加者は虚ろな表情でそれを見守っていた。思いもよらず現前した、この厳粛な光景に、肺から笑いが漏れそうになるのを私は必死で嚙み殺さなければいけなかった。発生確率コンマ数パーセント以下の副作用に見舞われたらしいその男は速やかに看護師によって手慣れた様子で車椅子で運ばれていったが、結局彼はどうなったか、なぜそうなったかは誰も訊ねることなく、一切の説明は病院からも行われぬまま、治験の終了時、私たちは十数万円を手渡された。誰も抗議なんてするはずがない。そんな些末な出来事の真相より、目の前の金が欲しかったのだ。この治験の参加者の中には不発弾処理専門部隊に属していた元陸自官や、売掛金の踏み倒しで債権回収業者に追われているホスト、俳優を目指し十年以上治験に参加している三十代の男がいた。彼らが自らの前職の愚痴や明日の天気、報酬の使い道について語ることはあっても、誰一人自分の名前を名乗ることも、連絡先を交換することもなかった。そもそも私たちは最初から互いに病院から与えられた番号で呼び合っていたのである。

そして、思った。

週五日、朝五時に起床し朝六時に家を出て、夜の十時に帰宅して夜十一時には就寝する、父のような働き方が、私にできるはずがない、と。普通の幸福、普通の家庭、それを手に入れるための普通の仕事、勤労意欲、そのための普通の学歴、学習意欲、そのための日々の生活、あるいは趣味、あるいは贅沢、あるいは余裕というものが必要とされるとして、私もその普通を手に入れられると思っていた。それがお誂え向きなのだと思っていた。が、私は今、それらに明らかに向いていない可能性が——つまり、人間に向いていない可能性がある。

これが気の迷いであることをどれだけ真摯に祈ったであろう。

自己嫌悪は暇人がすることだ。

どんなバイトであれ、暇を持て余し過ぎると気が狂いそうになるものなのだと考えることにした。仮に単位が取れず、論文も書けず、就職もできず、無職になったにせよ、きっと暇に潰されることは目に見えている。

ところで限られた隙間の時間に自由を見出すからこそ、自由が自由たりうるものだとして、所詮それが自由の限界だと知ったなら、純粋な子供は自殺を選ぶだろうか。それとも世界の単純原理、即ち金さえあれば、真に自由は獲得できるに相違ないと断じて、ほくそ笑んだだろうか。

私は再び、眠れなくなっていた……。

……先輩と話したいと思い始めたのも、このような気の迷いからだったのだろうか。大学構内を往来する、おそらくは一生話すこともない他人の中を歩く時、どんなに丁寧に、どんなに注意深く周りを見渡しても、先輩の姿やサークルの会員の姿、ましてや同学科の生徒や佐藤、その一人ともすれ違うことはなかった。

たとえ一〇〇メートル先にいても、私はたった一人、先輩の姿だけはその大群の中から発見できる確信があった。たとえ彼女が髪もメイクも服の系統さえ変えていても、彼女の声、香り、あるいは予感で、私の目は狙撃手のそれのように先輩の姿ただ一人を見出す自信があった。たとえここが東京駅の中であろうが新宿東口であろうが渋谷スクランブル交差点であろうが。しかし先輩の姿はなかった。思えば彼女は四年生なのだから大学にそもそも来ていないのかもしれない。この狭い一角においてでさえすれ違うことがないなら東京のどこかですれ違うことも永久にない。

それにしても、この不在、その甘い絶望の香りは何に喩(たと)えられよう。

私は彼女と話したいのか、話したいとして何を話したいのか、それは話す価値が、いや、私自体に何か話す価値があるのか、そのことさえ許されたいのか笑われたいのか認められたいのか、壊されたいのか壊したいのか、もはや全く分からなかった。これが俗に言う、好意の正体か。であるとすればなんと好意とはだらしないのだろう。はしたないのだろう。思えばＬＩＮＥのやり取りを見返した時にはもう遅い。偶然すれ違いたいと願う時にはもう遅すぎた。彼女の存在は私を焦(あせ)らせ、彼女の不在は私をほとんど絶望させた。

このすべては私の幻想に違いない。携帯のバイブが鳴ったと錯覚する現象にさえファントム・バイブレーション・シンドロームという名称が付いている。私の幻想もまた、ふしだらなほどありふれた無様な錯覚なのかもしれなかった。

「言葉も、おまえも、役に立たない」

先輩は私を好きではない。探してもいない。気にしてもいない。おそらくは一秒として考えていない。それが正しい。でも、正しすぎる。私は違う。私は会いたい。話がしたい。わざわざ誰かに会う理由が一つもない時、廊下や階段の踊り場、駅前のコンビニや裏道で、偶然すれ違う可能性に賭けることの何が悪いのだろう。ありえない思いをありえない形で救われたいと願うことの何が悪いだろう。そんな些末な祈りが呼吸する度に裏切られることもまた、至極当然のことだった。会いたいと言うのに一秒も要らないはずなのに、その四文字を口にするのには何万時間も掛かるかのように思われた。

「すべて終わる。おまえには意味はない」

「言葉も、おまえも、役に立たない」

「すべて終わる。おまえには意味はない」「すべて終わる。おまえには意味はない」「すべて終わる
には意味はない」「すべて終わる。おまえには意味はない」「すべて終わる。おまえには意味はない」
終わる。おまえには意味はない」「すべて終わる、おまえには意味はない」「すべて終わる。おまえに
ない」「すべて終わる。おまえには意味はない」「すべて終わる。おまえには意味はない」「すべて終
まえには意味はない」「すべて終わる。おまえには意味はない」「すべて終わる。おまえには意味は
べて終わる。おまえには意味はない」「すべて終わる。おまえには意味はない」「すべて終わる。お
意味はない」「すべて終わる。おまえには意味はない」「すべて終わる。おまえには意味はない」「す

――くだらない講義とくだらないバイトもない日は文学部図書館の四階に通った。四階は哲学書と宗教書の類しか置いていない階で、どんな場所も人口過密に思われる大学の中、唯一朝も夜も人気が少ないのは、私が探した限り、そこしかなかったのだ。勉強だけが、私を遠くに連れて行ってくれると私は信じていた。

先日買った英単語集やTOEIC問題集にピンクや水色のマーカーを引いていく。おそらくは一生使うこともない英単語のスペルや和訳、フレーズを読み込んでいると、空っぽな頭が水を得たように満たされていく。とりわけ英単語集に、試験にも日常会話にもまず登場する見込みもない難単語が出てくることが嬉しかった。たとえば恋の字源は戀と書くように、あるいは一人暮らしの人間を悩ませるGは漢字で蜚蠊と書くように、人間の感情は喜怒哀楽の四種類ではなく、その喜怒哀楽の間に百という階段があり、十二色しかない色鉛筆があれば五百色もの色鉛筆セットがあるように、繊細複雑なものがそのまま繊細複雑な形象や単語で逐一表現されては、この俗な英単語集のページとページの隙間に放り投げ出され、それらを一つ一つ弔うようにして蛍光を塗る時、私はこれ以上ないほどの満足を覚えた。と同時に、これ以上ないほどの寂しさを覚えた。英語の次は法律だ。行政書士、司法書士、それにも飽き足らず、司法試験にも手を出した。才能がないなら勉強だ。一秒たりとも甘えるな。これが終われば公認会計士、医師国家試験もやる。休憩時は甲種危険物取扱者試験、色彩検定の参考書を開く。誰に言っても通じないような単語や条文や概念が頭の中に増えれば増えるほど、しかし寂しさは増した。

なんでも話せる友達がいたり、時になんでも許せる恋人がいれば、得体の知れぬこの寂しさは消えるのか。そんな平凡なことを考えた。あるいは幾ら時間や金や感情を掛けても痛くないと思えるような趣味や、夢というものをもし持つことができたとしたならば……。

……夢？

……夢とは、なんだったのだろう。

夢を持っていることが幼稚園の頃から当然とされた一方で、持っていないことが異常視されることは、当時から今に至るまで私の理解を超えることだった。同じように、この読書を趣味と見做すなんて私にはありえない。他人の地獄や病、孤絶と向き合う時、余りの私の何もなさに思い至り、その衝突に対し、趣味という適切な距離を置くことなど、到底不可能だからだ。あるいは映画の趣味があれば映画館に行く予定ができ、翌週か翌月まで死ねない理由を即席で作ることもできたのかもしれない。誰かと傑作な駄作や、駄作の傑作について話す快楽もあるだろう。が、果たしてそれが、なんだというのだろう。なんの意味があるというのだろう。

誰にも触れられぬまま朽ち果てていく哲学書と宗教書の腐臭が香り立つ文学部図書

館四階の夜九時は、試験直前の期間ではないためか、私を除いて誰もそこにいなかった。この甘い腐臭は、末期の肺癌を患った叔父が痰を撒き散らして死んだ病室と不思議と全く同じ香りがする。一人。思えば、いつもそうだった。放課後の教室に最後まで残っているのも、冬の海辺に最後まで突っ立っているのも、この私だけだった。つまり、この大学に私が友達になりたいと願う人間は存在しない可能性がある。今後四年間、それに耐えられるだろうか。仮にそんな人間が存在したとして、彼／彼女が今どこにいて何をしているのか全く摑めそうにない。

気まぐれに陳腐な黒のプラスチック製の本棚から、適当に二十冊ほどの岩波新書を取り出して速読を試みる。十冊を超えた時点で酸欠に似た目眩を覚える。大抵の本は詰まらない。でもたまに、極たまに、本当に面白いと思える一節がある。それが尚更、私を辛くさせた。本を閉じれば、何が面白かったのかも一瞬で忘れた。何かをした気になれることが私の唯一の救いになりつつあった。休憩がてら携帯を取り出してツイッターを斜め読みしても同じことだった。衆議院議員のパワハラや不倫か二世タレントの薬物疑惑、アイドルの不慮な発言による炎上の報道が延々と流れてきては、それに諧謔を利かせた私評を被せようとするアカウントの発言が流れ、その合間合間に、かつての同期たちのつまらない日常報告や、その同期が好きな、最小公倍数か最大公約数の発言しかしないポエムめいたアカウントのRTが挟み込まれてくる。インスタグラムを開けば、男は自分の持ち物を、女は自分の顔の写真を、あるいは午後三時の空の写真を、猫の写真をあげる性別不明の人間がいた。どんなに丁寧に思い返しても私の日常には写真にして不特定多数に公開できるような輝かしい瞬間は、一秒もなかった。

……うんざりして画面を閉じる。

何を読んでも、何を書いても、その結果、どこに行って何を作ったとしても、私以上に精巧に読み込み書き込み作り込み、あるいは塞ぎ込み、あるいは起業し、あるいは恋愛をする人間はこの世に山ほどいる。時に、佐藤がちらつく。先輩がちらつく。私とはなんだ。どうすれば、普通になれるのだろう。必要とされるのだろう。存在自体が許され、愛されるのだろう。全員に愛されたいわけではない。極少ない、愛されたい人に愛されればそれでいい。そんな普通の人間になりたいと思うことさえ凡庸極まる悩み、贅沢なのだろうか。あるいは、もう普通さえ目指すには遅過ぎるのだろうか。普通は、私には普通ではなかった。そんな私はこうして図書館の四階に「いる」のではなく、ここに守られたいだけ、隠れているだけなのかもしれなかった。私以外の人間は例えば愛すべき人や物に向かってとっくの昔に走り出し、膝に抱えた痣や傷を恥じらいながらも誇り高く生きているのかもしれなかった。そう思えば、何をしても、それをしている間何かができなくなっていくこと、あらゆる可能性が可能性のまま失墜していくことに病的に焦った。その焦りが不眠の原因だとして、その焦りの原因、その原因の原因、そのまた原因へと遡行して思考を巡らす時、私は文学部図書館をいつのまにか飛び出て、地下鉄を乗り換え、かつての芝公園のベンチに座り、東京タワーを瞬きすることなく睨みつけていた。あたかもこのすべての責任が東京タワーにあるかのように。原告と被告以外の何者も存在しない、私刑の一切が、拷問の一切が認められた法外な裁判所、被告が死に至るまで閉廷されぬ裁判所……無論、原告はこの私、被告はあの鉄塔である。

事実、この鉄塔に全責任があった。

私が悪いにせよ、世界が悪いにせよ、そのすべての根源は、この東京タワーにあったのだ。

六月のその夜もそれを確かめようと思い立った。何度でも確認せずにはおれなかったのだ。しかしその夜は生憎、外は煙のような雨だった。私の靴底は度々の散歩で擦り切れ、大きな穴が空いていて、そこから石が、水が入ってきてしまう。仕方なく家に帰ろうと、図書館の階段を下りる途中、思わずふらつき、iPhoneを手から滑り落として画面を割ってしまった。蜘蛛の巣状にヒビの入った画面に慌てて触れる。問題なく反応する。安堵した。が、仮に携帯が故障したとして、私がその夜、是非とも連絡しなければいけない相手も、愛を伝えるべき相手も、言わなければならないことも見なければならないものも元よりこの世に一つとして存在しないのだった。

覆しようもないこの事実に今一度思い至った時、雨に濡れた喫煙所のベンチに鞄を置いて、その上に無表情で座り込んでいた。

空腹を感じる時には、もう遅い。動く気力もなくなっているものである。

……全く凡庸な六月の夜が、永遠のような風情をして、私の目の前に拡がっている。するとと、向こうの暗闇から全身黒服の学生が一人現れ、胸ポケットから煙草を取り出した。

院生だろうか、と思ったが、院生にしては荷物が少な過ぎる。

……不眠のせいか疲労のせいか空腹のせいか、その男に対し、私は何か強烈な既視感と違和感とを覚えた。それがなぜか分からず男に視線を送ったり外したりを繰り返していると、男は私の前へとまっすぐに歩いてきて、こう言い放った。

「火、ある？」

「ない」

「あぁ、そう」

「いや待って」

もしかしたら、と思って鞄の中をひっくり返したが、やはりライターなどはなかった。

「ごめん、ない」

伏し目がちに答えた私の目の前で、彼が片手に握っていたのは、いつか盗まれた私の紺色の傘だった。……二度見た。間違いない。

木製の持ち手に、私が意図的に付けた二、三の傷がある。

つまりこの男は、私の尋問、いや詰問に、答える義務がある。

しかし、それが既視感や違和感の正体ではなかったことに、すぐに私は気づくことになる。

「オイルなら持ってたんだけど」

そう言って、彼はどこからともなくオイル缶を取り出し、その蓋を外したかと思えば、灰皿の中に液体を注ぎ入れ始めた。何してるんだ、と訊ねると、何が出るかな、何が出るかな、と男は笑いながら、それを灰皿に注ぎ終え、私の手を取り裏門へ走り出した——。

第七章 悪い恋

死ぬまでにやってみたいことランキング１００、という記事を何かの雑誌で一度だけ読んだことがある。総合病院の待合室にそれが置かれていたのは一種の皮肉だ。いや、愛だろうか。1位はスカイダイビング。2位は世界一周。3位は宇宙旅行か射撃かバンジージャンプだったと記憶している。5位には夜のウユニ塩湖で星を数えるというものがあった。このランキングの作者は当時、死にたがっていたのかもしれない。ちなみに50位くらいに「ここからここまでください」をやってみる、があった筈だ。

ところで私が手帳を憎む理由は三つある。第一、友達がいないから手帳はいつも真っ白だ。第二に、結局人間は今日やったことがすべてだからだ。第三に、最高なことも最悪なこともいきなり襲ってくるから予定を立てても意味がない。仮に予定通りの人生があったとして、誰がそれを必要としただろう。やってみたかったことより、やってみたいと思ってもみなかったことが人生のある一点で偶然、事件的に発生し、それをやった以前と以後とで、まるっきり様子が変わってしまうことがある。書かないと覚えていられない義務や予定に、私たちは一体何の用事があるだろう。

永久に記憶に残る一夜が人生には必ず訪れる、とレイ・ブラッドベリは言った。

その夜、私がいたのは空中でも国境上でもウユニ塩湖でもない。タクシーが大量に通る明治通り沿いを時速一五〇キロで飛ばすバイク、その後部座席に私はいた。おまけにサイドミラーにはサイレンを喧しく鳴らして私たちを追跡する、一台のパトカーが映っている。

止まりなさい、と言われて止まるなら、最初から彼もこんなことをしていないだろう。

……文学部キャンパスの喫煙所から飛び出て、どこをどう走ったのかもう思い出せない。

濃霧の中を全速力で疾走すれば体内の酸素はすぐに欠乏した。息も切れ切れに神楽坂近くのタワーマンションの前に辿り着いたのは夜の十一時頃である。ブラックスーツに古びた軍靴を履いていたのに、彼の足は私より遥かに速かった。途中の道で拾ったライターで煙草に火をつけ、ついでに近くに捨てられていたコンクリートブロックも拾って、彼は私にこう訊ねた。

「今夜、まだ時間はあるか」

ナンパみたいだなと思う。「ある」と答えた私は、しかしすぐに自分の発言を後悔した。

なぜなら「そうか」と抑揚なく答えた彼は、持っていたブロックを監視カメラに投げつけて破壊し、駐車場の中にあったアメリカンバイクに悠然と跨ると、マイナスドライバーで車体のカバーを取り外し、ワイヤーとワイヤーとを絡め合わせ、ヘッドライトを点灯させた上にエンジンまで稼働させ、バイクのマフラーからはアメリカン特有の凶暴な排気音が溢れ始めたからだ。この男は一分以内に実行できる犯罪の数のギネス記録にでも挑んでいるのだろうか。

バイクの持ち主はおそらく金持ちの不良だ。見つかれば二人、東京湾に沈められるだろう。

準備万端と言わんばかりに、この黒服は私にマットブラックのヘルメットと傘を投げ付けたが、放心していた私は当然にそれを地面に落とした。このままでは共犯にさせられてしまう。東京湾に沈められてしまう。しかし黒服は性懲りもなく煙草の箱を差し出してくる。いらん、と私が言うと、今度はガムを差し出してきた。煙草かガムがあれば人間はなんとか持ち直せるとでも思ってるのだろう。

「君のヘルメットは？」と私が訊ねた。

「要らない」

「いや、要るだろ」

「どうせ死ぬ時は死ぬ」と彼は笑い、車体の中にあったGPS探知機を捨て軍靴で踏み潰す。

「いやいやそもそもなんで僕も乗る前提だ。一体全体何なんだ。悲しいことでもあったのか」

最悪なタイミングと最高なタイミングは、いつも区別が付かない。

その時、地下駐車場の奥から鳴り響いてきたのは鉄製の扉が何者かによって開けられバタンと閉まる音だった。黒服はバックシートをぽんぽんと叩き、腕時計を見ながらカウントダウンを始める。10、9、8、私が乗らない理由は百とあったが、7、6、乗る理由も百とあって、5、エンジンの空吹き音を聞きつけたか、4、案の定懐中電灯を持ったマンションの警備員が現れ、3、慌てて後部座席に私が飛び乗ると、2、黒服はアクセルを全開にし、1、シフトペダルを蹴り上げ、私たちは夜の公道に躍り出た。この時、彼はあろうことか、なんか眠いな、とあくびした。

きっと誰もが聞いて呆(あき)れるだろう。

きっと誰も理解を示さないだろう。

私の目の前で、呼吸をするように悪事を働く黒服を私はすでに、涙が出るほど愛していた。

「捕まる。絶対何かに捕まる。それもこれも時間の問題だ」と向かい風に掻き消されないように私が叫ぶと、未だに第三次反抗期の真っ只中(ただなか)にいると思われるこの男は「捕まらない」と断言する。サイドミラーに映る彼を見ると、ガムを噛みながらニヤニヤと笑っている。「でも一応確かめてみるか」と、あろうことか車通りの激しい明治通りの方角を目指し始めた。

振動が骨盤と脳を揺らす。街灯も信号も殴り飛ばされるように後ろへと消えていく。真夜中だったからか、それとも余りにも堂々とした運転であったためか、神楽坂、早稲田、面影橋、新大久保、都庁前、新宿駅前、代々木、原宿、渋谷に至っても一向にノーヘルメットの黒服に警察は気づくことがなかったが、その運もスクランブル交差点で尽きた。赤信号に引っかかり黒服がお行儀よく停車すると、パトカーが痴漢のように後ろから滑り込んでくる。黒服が挨拶代わりに彼らに向かってクラクションを鳴らし、あまつさえ、こんばんは、と手を振って挑発すると、少しの沈黙があった後、彼らの返答がサイレンとなって返ってきた。私ももう、笑うしかなかった。

時速一五〇キロ以上を赤信号を無視して飛ばし続ける重量数百キロの鉄の塊の上で、逆風に煽られた睫毛は網膜に突き刺さり、目もまともに開けられない中、私の生死は今、全く私の与り知らぬところ、つまり今目の前にいる男の運転技能と気分次第となっていた。朦朧とする頭で考えていたのは、子供の頃、本当は私はかくれんぼではなく、鬼ごっこが好きだったということ。親孝行は一つもできていないということ。そして愚かにも、こんな夜がずっと続けばいい、これ以上の夜は今後私の人生には訪れないのかもしれない、そんな、なんとも幼稚な落胆に似たものだった。と同時に私はどこかで安心し切ってもいた。この男の暴走技能に寸分の迷いもなかったからだ。私たちは間違いなく逃げ切れる。いや、そもそも、何から逃げているのか。そもそも、なぜこんな頭が悪いことをしているのか。

皮肉なことに、善良なことをする人間が善良であるとは限らないように、頭の悪そうなことをする人間が頭の悪い人間だとは限らない。

大抵の人間の外面や行動は、内面の性質と全く真逆のものが用意されている。

この奇人について少し話す必要がある。

——後から知ることになったが、黒服はこの時、免許を持っていなかった。そして学生なのに、もう講義に出る必要がなかった。社会に出て働く必要さえなかった。というのも単純だ。メルカリやヤフオクで安く買い叩いた物品を、別の素人に高く売り捌(さば)く合法的転売を繰り返して月に五十万以上の利益を得ていた。一回の取引で最高益が出たのは、ド素人が五百円でメルカリに投げ売りしていたギターを、専門業者に十五万円で買い取らせた時だったという。安く買って高く売るのは、メルカリにいる猿もアマゾンの社長も実践する、基本中の基本だと彼は言った。その利益を、今度は仮想通貨に回して最高値で売り、さらに余剰資金を株式投資に回し、不動産投資に回し、月数百万円の運用利益を得ていた。ちなみに彼は、仮想通貨の一時期のバブルを所詮虚無のお祭り騒ぎに過ぎないと言った。ティッシュ箱ですら勿体無くて買えない私は、どれだけ説明されてもブロックチェーンや非中央集権化が何を意味するのか理解ができなかった。だが、これだけは分かった。

クズがクズを安く買ってクズに高く売る。その金でまたクズを安く買ってクズを高く売る。

永久に儲かる訳である。一万円札はもう紙屑にしか見えない、と彼は言った。

でもこれではバイクを盗んで走り出す理由にはならない。

そんな反抗は十五の夜に済ませておくべきだったはずだ。

だが彼が十五の夜には、尾崎豊はもう死んでおり、そして彼は勃起不全となっていた。これにも説明が必要だ。中学三年生の頃から独学でポルノサイトを作っていた彼は、その作業の過程でポルノを閲覧し過ぎたために勃起不全となった。だがそのポルノサイトが数年後月間数億PVを記録して以降、彼は独学の精度を高め、大量のエロサイトや保険サイト・クレジットカードサイトを作り上げ、それにも飽きると今度は大学生向けの時間割アプリ・猥褻なアプリ・マッチングアプリを開発。その運営収入と不労所得を足せば、一生働かなくてもいいほどの財産を彼は学生の時点で得ていた。このどれも彼は好きで作った訳ではないという。「特にやりたいことが見つからなかったら、とりあえず金を稼ぐべきだ。やりたいことが見つかったら、それに金を大枚叩けるからな。金は幾らあっても不便にはならない」と彼は言う。

紛れもなくこの男は私が今まで会った中で、最も斜め上に頭が切れる男だった。

1を100にする努力も、0から1を作る才能もセンスも、それによって得た桁外れの財産も自由も、マイナス1をマイナス100にしない運さえも含めて、彼は何もかも持っていた。だが唯一持っていなかったものがある。最悪なことに、彼は心底退屈していた。そんな自分や、そんな自分を生み出した世界に。

この夜の暴走の真っ最中でさえ黒服はあくびを繰り返した。まるで生きることにちっとも関心がないかのように。世界はこのようにして、私と全く別の観点からも憎まれていることを私はその夜初めて知ったのである。

講義に出る必要がないのは黒服が佐藤と同じように楽な講義だけを選択したからではない。自分の学部学科の試験や課題や過去に提出されたレポートを大学のサーバーに侵入し全部事前に手に入れていたからだ。もちろん問いただすまでもなく、その情報を外部に流出させたのは、この男だったと考えられる。

となると、大学への爆破予告もこの男の仕業か。

しかし仮にそうだったとして、それについて彼が語ることはないように思われた。大抵の秘密は、語られる相手を選ぶ。誰にも予告することなく自殺を選ぶ人間がいる。それは周りの人間に、全く相談に値する人間がいなかったからに他ならない。

大金持ちの奇人と国家権力との鬼ごっこは、歌舞伎町の真ん中で終わった。

酔客を拾うタクシーで詰まった歌舞伎町内の公道、その隙間と隙間を縫うようにして彼がバイクを飛ばせば、警察はそれ以上私たちを追跡できなかった。偶然通り掛かった風俗無料案内所からは tofubeats の水星が流れていて、黒服も私もこの時初めて同時に笑った。だが歌舞伎町にも警察はいる。先回りして私たちを捕まえようとしている可能性だってある。

彼は誰もいない交番の前に大胆にもバイクを停めると「ラーメン屋」と言った。この歓楽街の真ん中で降りたのは、自分のお気に入りのラーメン屋に行くためだったらしい。

「でも、海にも行きたかったな」と、黒服が私の頭からヘルメットを引っこ抜きながら言う。それだけならともかく「熱くなってるから、バイクのマフラーには足が当たらないように気をつけて降りろよ」と何の気もなしに付け加えた。私はつい面食らい、また声を出して笑った。もう誰一人として私には共感してくれないだろう。その夜、嘘っぽい歌舞伎町の嘘っぽいネオンに包まれて、彼だけが唯一の正義であり、唯一の真実であるかのように見えた。この男となら、私はどこまでも行けるのではないかと思えた。

「あのさ」

「なんだ」

「僕と友達になってくれ」

これが私と黒服の出会いだ。

「その前に、ラーメン屋」

黒服に連れられ、最寄りのラーメン二郎に入った。店員は黒服には何も訊かず、私だけに麺の硬さやら野菜の量はどうするかと訊ねた。全部普通で、と答える。黒服はここの常連なのだろう。ラーメンが出来上がるのを待つ間「東京には何しに来たんだ」と黒服が口火を切った。

少なくとも暴走でないことは確かだが暴走族が暴走族になる理由も今なら分かる気がする。

「勉強だよ。決まってるだろ」

「こんな夜まで勉強か。学生の鑑だな」

「でも勉強のつもりが絶望しかしていない」

黒服が小首を捻る。私は続けた。

「英語しかできないつもりだったけど英語も碌にできないんだ。法律も。人間関係も」

「英語は好きなのか」

「全然」

「どうして好きでもないことを続けてるんだ」

「何にもない僕のような人間ができることはもう圧倒的努力しかないんだ」

努力、と口にするのが恥ずかしい。だが黒服は「なるほどな」と頷いた。

「俺は努力する奴が好きだ」

「ありがとう」

「でも、努力していることに甘える奴は頂けない。努力信仰は日本の麻薬だ」

思い出した。この男に是非とも確認しなければならないことがあった。

「さっきのってさ」

「…………」

「ほら、あれだよ、あれ」

「あぁ、喫煙所のこと」

「どうしてあんなことをしたの」

……私は、普通の学生らしい疑問を彼の前で口にすることに、些かの躊躇い(ためら)を感じるどころか、むしろ少しばかりの快感を感じていた。というのも、黒服はおそらく、そのような普通の疑問に対して、明らかに最初から完全な答えを有していたように思われたからである。そして彼はこう言った。

「もしかして大学が大好きだったのか」

私は思わず大笑いしそうになったが、彼は真剣な表情を崩さない。

「じゃあ逆に訊くが、どうしておまえは大学にいたんだ」

「逃げても碌なことにならないからだよ。親にも迷惑が掛かる。それに見返したい奴もいる。僕は普通の暮らしがしたい。贅沢かもしれないけど、庭付きの一軒家で、長毛種の黒猫と白猫を二匹飼って、シャイで頭の切れる奥さんもいる、そんな家庭が欲しいんだ。車はあってもなくてもいい。だから勉強して、まずは良い会社に入る。そのためなら幾らでも自分を騙すし、学生の間は勉強する。そうしないと、お先真っ暗だからだ。どうせ最悪なことになるからだ」

黒服は溜息を吐いて、こう言った。

「宝くじで百万ドル当てた五十代の大工が、その金でこれまで行けなかった病院に行ったら、脳と肺にステージ４の癌を発見されて、その当選の二十三日後に死んだらしい」

「……なんともいえない話だな」

「俺はそうは思わない」

今度は私が首を傾げていると、彼は箸を取り出して続けた。

「幸せになりたいと願う人間が、いつまでも幸せにはなれない理由を知ってるか？」

「見当もつかない」

「今の自分は全く幸せではない、と自分で自分を呪い続けるからだ」

私は沈黙した。

「幸せになろうとすればいつまでも幸せになれないのと同じように、普通の人生や普通の恋愛や普通の生活に憧れた時点で、おまえはもう絶対にそれを手に入れられない。断言してもいい。そもそも人間は普通には生きられない。普通を望むのは、奇跡を望むに等しい。仮に、おまえが完璧に普通に生き了(おお)せたとする。おまえの人生はその普通を手に入れた時点で終わるだろ。あとはそれを守るだけだ。確かに尊い。でもそれって楽しいか。ところで今この瞬間俺たちの後ろから合法ドラッグをキメてベロベロにラリったドライバーがダンプカーごと突っ込んでくる可能性はゼロとは言い切れないだろ」

ずっと私が誰かの口から聞きたかったのは、こんな話だったのかもしれない。

「誰にそんな普通幻想を埋め込まれたのか知らないが、おまえはこうあるべきだ、という台詞には、だからどうしたと言ってやれ。SNSなんて無料で見れる他人のクソだ。他人と比較してもおまえの価値は上がりもしないし下がりもしない。おまえは、自分で自分の値段を決めろ。最高の復讐とは幸福に生きることだ、とはスペインの諺(ことわざ)だ。もちろんここは日本だ。昼寝が文化の国じゃない。残業が文化だ。前に進んでも地獄、後ろに進んでも地獄、立ち竦(すく)んでも地獄だ。どうなったら幸せかは誰も教えてくれない。だから何が幸福か、自分で決めないといけないんだよ」

もやしが山盛りになったラーメンが、私たちの目の前に置かれた。

「ＴＯＥＩＣの点数はおまえの知性を意味しない。国家資格の取得も就職も給料も結婚もおまえの幸福を何も約束しない。恋だの何だのもおまえを救わない。でもたとえば今ラーメンが来る。箸を割る。その瞬間を幸福だと断言するような感性が、賭けが、信念が今のおまえには絶対に必要なんだ。それは本に書いていない。図書館にも置いてない。自分で探して、自分で作るしかない。その工程を邪魔するものは全部邪魔なんだ。でも、それでも邪魔はやってくる。お呼びでない奴、許されざること、つまり敵は向こう側から飛んでくる。そんな時、どうすればいいか分かるか」と黒服は、煙草を灰皿に捻(ね)じ消して言った。

これが最高の出会いだったのか、最悪の出会いだったのか、今となっても分からない。

「俺たちがやらなければいけないことは、たった一つだ」

黒服は割箸を口で割り、手を合わせて言った。

「戦争だ」

それから彼はラーメンに箸をつけ、もぐもぐ言いながら、さきほどの喫煙所の件について説明をした。明日水曜日の朝一番にあの喫煙所で煙草を吸うことになる教授はキャリア三十年にしてこの大学の中でも最低なクオリティの講義を披露する最低な教授であること、そして大学の喫煙所でお行儀よく喫煙するような反抗心の欠片もない学生や教授を守ってやる必要はないということ、そんな学生が社会に出たところで奴等は自分の子供をまた同じ大学に通わせて、同じような社会が延々と再生産され、やがて私たちの生きる場所は消えてなくなるであろうことなどを、シャボン玉を飛ばすかのような軽さで語った。

「あれは前哨戦に過ぎない」と黒服は言った。

どうやら暴走は戦争の一環ではなく、単なる気晴らしだったらしい。

私はこの時、彼に初めて反駁を行った。

「たった一人の教授を弾いても、他にも何人何十人もそんな教授はいる。そいつらも弾かないと不徹底じゃないか」

「……そういえば、そうだな」

脂まみれのラーメンが運ばれてきたが、私はそれに手をつけるのも忘れていた。

「全教授の講義の質をランキングにして可視化すべきなんだ。学生からランダムにアンケートを取ればいい。下位五〇パーセントの教授が消えれば大学はもっとマシになる」

黒服は頬に手を当て、ビー玉のような目で虚空を眺めたかと思うと「おまえ、まだ他の学生だとか、大学の教育とか数の力とか、そんなものを信じてるんだな」と笑った。

「どうせなら全部破壊した方が、もっと話が早いだろ」

もし椅子に座っていなければ、私は膝から崩れ落ちていたかもしれない。

黒服は桐島という名前を名乗った。しかしそれは彼が使い分ける、十数種類の名前の一つに過ぎなかった。だから私は彼のことを、ここでは黒服と呼びたい。

第八章

美しくない街の、美しくない夜の、美しい私たち

世界は寂しさによって成立している、と思う時がある。

まず、寂しいから言葉が発明された。それでも寂しいから、小説や写真や音楽が作られる。しかしなぜか寂しさは消えない。そのすべてを一つにするものがあれば私たちは寂しくなくなるはずだと誰かが思い立ち、映画が作られる。一人で映画を見るのは寂しい。気の利いた誰かが映画館を作る。映画館の帰り道、私たちは感想を言い合う。それでも私たちは分かり合えないことが分かり合え、そうして少し悲しみ、そうして少しホッとする。映画館のお次はレンタルショップだ。私の好きな映画で君は眠る。君の好きな映画が私には詰まらない。そんな私たちもだんだんと忙しくなり、レンタルショップに行く時間も惜しくなる。それでも寂しさは真夜中の発作のようなものだ。いきなりステーキが食べたくなるようにいきなり映画が見たくなる。そんな気まぐれな独身者のためにネットフリックスができた、というのは暴論だろうか。だがきっと、地下鉄も車も仕事も腕時計も煙草も珈琲もアイスも同じく、寂しさが作り、それで繋がった寂しい人間同士が一つの街を作ったのだと私は思う。新宿ならそれがゴールデン街であり二丁目であり、歌舞伎町だ。

私たちは寂しさを食べて生きている。寂しくならないように。

しかし食べても眠っても私たちが依然寂しいままなのは、一体どういう訳なのだろう。

寂しいという台詞は、帰る場所がある人だけが言える台詞だ。帰る場所も行く場所もない私と黒服が辿り着いた、寂しさへの一つの解決手段は、反時代的だったと言えようか。

七月。間抜けに晴れた、ある午後の会話に私の回想は遡る。

「なあ、もし三億円あったらどうする」と、黒服がやはり素頓狂な問いを唐突に繰り出した。

私たちは新宿五丁目のベローチェで二人、カフェオレを飲んでいた。

あの夜出会って以来、どちらからともなく約束を取り付けて、私と彼はあてどもない散歩を繰り返した。山手線沿いを一日掛けて歩いて一周したり、真夜中の青山霊園を般若心経を唱えながら散歩したり、ふらりと入ったバーのカクテルメニューの端から端までを頼んだりした。黒服は東京の細かい地理や裏道、歴史や建造物の蘊蓄などに異常なほど知悉していた。腹が減れば、黒服が直感で選んだ近くのラーメン屋に入った。黒服の嗅覚は動物的で、恐ろしい精度だった。不味いラーメン屋などこの世に存在しないのではないかとさえ私は思ったくらいだ。このような無目的な散歩を続けたのは、黒服が無類のラーメン好きで、私も無類の散歩好きだったから、というのは嘘であり、持て余していたエネルギーをただただ空費していただけだった。

でも今思えば、この時期が私たちの戦前だったのかもしれない。

「もし三億円が手元にあったとしてもやりたいことが、自分が本当にやりたいことらしいぞ。この前、自己啓発本を立ち読みしてたら、そう書いてあった」

新宿三丁目の巨大な本屋の一階で黒服がその自己啓発本をこの世で一番汚いものでも触るかのように読んでいる姿が容易に目に浮かんだ。黒服が嫌いな物ベスト3の中に自己啓発本があった。嫌いな物から一切目を逸らさないのもまた彼の性質だと、私は散歩の過程で知った。

おまえはどう思う、と黒服が私を見ている。私はその子供のような目が好きだった。

「僕は貯金すると思う」

黒服は頷かない。

「読まない本を買ったり履かへん靴を買ったりその他要らんもんを買って三億円がなくなったら、それは最初から存在しない、自分の財産ではなかったってのと同じだ。お年玉なんかもそうだ。一月一日にもらったお年玉の全額を一月二日にお祭りの屋台とかで使い果たすのと同じ。それだと三億円持ったことにはならない。だから貯金して、その三億、つまり自分と長期戦をする。ちなみにそれは税別の三億円だよな」

死ぬほどつまらない、という顔をして黒服は一度だけ首を振ったが、実際、黒服は稼いだ金を服や家具や腕時計などに派手に無駄遣いする様子は一切なかった。いつも同じような服を着ていたし、いつも同じ靴を履いていた。欲しいものなど、この世になにもないようだった。

「それかペルシャ猫でも飼って、死ぬまで満員電車に乗らずに、ソファに座って暮らすね」

きっと都会で望める一番の贅沢は、満員電車に乗らずに済む生活を送れるということだ。

黒服は少し黙り込んでいた。ペルシャ猫は幾らで買って幾らで売り飛ばせるか考えているのだろうか、と思ったが、違った。黒服はジッポーをカチャカチャ開けたり閉めたりしながら、

「俺は、もし三億円あるなら、とりあえず映画館を作りたい。そして俺の好きな映画をずっと流す。今日はどんでん返し映画縛りナイト、明日はゾンビ映画傑作選、明後日はゲイリー・オールドマン・ナイト、明々後日は半端じゃなく泣ける失恋映画傑作選か北野武ナイト、みたいにな。座席はソファだけじゃなくて、スペインの映画館みたいに、ベッドとかあってもいい。ドレスコードも用意して、黒服以外は入れないようにするのもいい。特別感と緊張感が出る」

それをやって喜ぶのはおまえだけで、仮にそうでなくても余程の物好きしか来ないだろう、と言いかけたが、黒服はそのまま続けた。

「もし誰も来なかったらジブリナイトかディズニーナイトでもやっとけばいい、ちょうどいい宣伝にもなる」こんな愚かなたられば話を、私たちは散歩を通して何度もしていた。しかしこのような会話が、黒服を暫く無闇な違法行為から遠ざけていたのも事実である。

これから起こるすべては、この会話がきっかけだったのだろう。

私は言った。

「そもそも、本当にやりたいことって、三億円あってもなくても、誰も応援してくれなくても時間が全然なくても、それを本気でやりたい人は勝手に始めてる。誰も今そんな派手なことをやれていないということは、それが不可能に近いからだろ」

呼吸を忘れたかのように黒服は一瞬フリーズして、そういえばそうだな、と言った。

嫌な予感は、即刻的中した。

その夜、黒服は大学の大講義室に忍び込んだかと思えば、定価十数万円のエプソンのプロジェクターとホワイトマットスクリーン、ついでに遮光カーテンとスピーカーも盗み出し、どこから取ってきたのかも分からない発電機を稼働させ、歌舞伎町の外れの廃墟ビルの一室を、たった一夜で小型映画館へと改造してしまった。でも椅子がない。その上、室内の壁紙という壁紙は水ぶくれして剝がれ落ち、元々何色だったかも分からないカーペットには赤や緑や青や黄や白や黒の黴が生え、キッチンの水栓金具も腐り落ちていた。これが一日目である。

二日目。運送会社の制服を着用した黒服は、西新宿や港区のいけ好かないタワーマンションのラウンジへと白昼堂々侵入の上、一人掛け用のアンティークソファをトラックで数点盗み出し、映画館に新たに立派な座席を設けてみせた。「これで何とかなる」と溜息を吐いた黒服の頭上に天井のパネルが落ちてきた。「どこがだよ」と突っ込む私の足元の床には穴が空いている。まだ映画は見れない。

三日目。綺麗好きだった黒服は、穴の空いた床を木板で補強して、壁紙を剝がし、その壁をペンキで黒く塗り潰した。廃墟全体が大英博物館に保管されるような正体不明の虫の巣窟となっていたので、黒服は「一匹残らず駆逐してやる」と何の迷いもなくバルサンを焚いたが、結果はまさに阿鼻叫喚の地獄絵図となった。とてもではないが映画鑑賞どころではない。私たちはどちらも虫が苦手だったのである。

四日目。その後始末のための掃除道具や、小皿、灰皿を揃えに新宿に行った。単なる日用品の買い物ではしゃぐ私たちは、側から見れば新婚カップルのように見えたのかもしれない。

五日目。廃墟内の水道設備を黒服は半日掛けて自前で直し、電気供給も再開された。賑やかな騒音を聞きつけたか、いつのまにか廃墟には一匹の白猫がいた。「こいつはたぶんここの大家だな」と黒服は歓迎した。私は猫缶を買った。私たちはどちらも猫好きだったのである。

そして六日目。やっと映画を安心して鑑賞できる環境が整った。

ちなみにプロジェクターやソファを黒服が自腹で購入しなかったのは吝嗇からではないことは言うまでもない。大学設備や都内のタワマンの治安を地道に低下させ映画館の質を上げる。その一石二鳥が叶うためだった。この廃墟こそかつて私がレッチリのTシャツを発送しようとした廃墟と全く同じ場所にあったことに私が全く愕かなかったといえば、それは嘘になる。

私と彼の廃墟での映画鑑賞は、いつも真夜中に行われた。

——私たちはこの私設映画館で何本の映画を見ただろう。

この廃墟自体が行政によっていつ取り壊しになってもおかしくなかったように、私たちはいつこの奇妙な夜会に飽きてもおかしくない筈だった。しかしこの鑑賞会は続いた。シネフィルの黒服に比して、然したる映画知識の持ち合わせもなかった私は、あたかも砂漠が水を得るがごとく映画を見続けた。どんな映画をどのように鑑賞したか、仔細にここに記せば、それだけで何万字と費やされてしまうので憚りながら私はそれを割愛したい。それにしても何より奇異だったのは、黒服がその廃墟の友に、この私を選んだことだった。

黒服は私の無知を愛し、私は黒服の全知を愛していたから、というのは私の甘い推測に過ぎない。私は彼に対して、不要な詮索を一切行わなかった。もちろん、彼が行う悪、その説明も求めなかった。彼が自らの口で何かを語るまで、私は何も問いただすことはなかった。彼もまた私に対して同じだった。私たちが一緒にいる理由など、それだけで十分だったのだ。

血も涙もないと思っていた黒服が『ダンサー・イン・ザ・ダーク』の最後に涙した時、私はこの男を失いたくないと思った。それだけで十分だったのだ。

黒服は言った。重要なのは何回繰り返し見ても飽きない映画を見つけられるかだと故淀川長治は言ったらしい、と。でもそれは、半分真理で半分間違っている。そんな輝かしい傑作を発見するには何百本何千本もの駄作を通過しなければならない。それは写真も音楽も小説も人間も同じだ。俺が言いたいのはそんな最高なものに出会うまでに必要なのは、時間でも運でも感情でもなく、ましてや努力等でもなく、享楽を続行する日頃の体力だ。つまり俺は腹が減ったからラーメン屋に行きたい、と。

黒服は案の定戦争映画や犯罪映画やドキュメンタリー映画を好み、私は九〇年代後半の邦画全般を好んだ。私は、私のかつての見解の狭隘（きょうあい）を恥じる暇さえなかった。

ホラー映画も見た。貞子を見た時は二人で寝た。伽椰子を見た時も二人で寝た。猫は伽椰子の息子の声に何の反応も示さなかった。貞子と伽椰子が戦う映画を見た時は、さすがに二人で寝る必要はなかったが、やはり二人で寝た。気づけばお互いの髪は伸び、十歳の時から自分で髪を切っていた私は彼の髪を切った。このお礼にと、十歳の時から自分で靴を磨いていた彼は私の靴を磨いてくれた。私たちはこの過程で、だんだんと似通っていったと思うことさえ私の自惚(うぬぼ)れだったのだろうか。あるいは最初から似た者同士だったのかもしれない。同じ物を愛した訳ではないが、同じ物を同じ理由で憎んでいた。私たちに容易に憎まれたのは朝であり、退屈な映画であり、退屈な人生であり、それを支えるすべての人間が作った文化文明だ。互いにそれを確認せずとも、それは自明だった。

新宿の高層ビルが反射する光が、真っ黒な遮光カーテンの隙間から侵襲してくる。いつも、気づけば朝になっていた。

彼は朝食に、トマトソースとチーズを食パンの上に満遍なくトッピングし、それをガスバーナーで焼いたものとカフェオレを作ってくれた。なかなか起きようとしない私への悪戯として、私の携帯の待ち受け画面は伽椰子の顔面へと勝手に設定されたり、言語設定をアラビア語に変えられることもあった。私たちが恋愛映画を一つも見なかったのは何ら不思議なことではない。私たちは世界で二人きりのような暮らしをしていたのだ。

その朝、タランティーノ監督の最新作を見終えた後、黒服はなぜか寂しそうに言った。

「もし永遠に生きられたら、おまえはどうする」

「永遠か」

黒服はありえない仮定を唐突に私の前に持ち出すことを好んだ。その仮定も唐突さも、私は好んだ。なぜなら私も彼も、窓の外の現実に倦んでいたからに他ならない。

「十日後死ぬとかじゃなくてか」

「十日後死ぬなら、怒ったり襲ったり、書いたり歌ったり暴れたり祈ったりして、あとは携帯とパソコンのデータ全部消して終わるだろ」

その通りだった。私もそうするだろう。

「永遠に生きられたら、自分の遺伝子をKT大学の一番頭の良さそうな教授に解読してもらうことにして、そして、永遠に生きる猫を作る」と私は言った。

私たちの猫が丸々と太ったのは、黒服がマグロの缶を与え過ぎたせいだ。

「地味にいいな」と黒服が目を細めて笑う。

その猫はプロジェクターの上で腹を見せて眠っている。

「地味にいいだろ。ずっと寂しくない」

「他の猫はどうするんだ」

「他の猫にも人にも、永遠に生きられる遺伝子をあげる。たぶん、ただであげる」

「ノーベル平和賞は堅いな」

「今日と変わらない日が、そしたらずっと続く」

でもそれってさ、と黒服が言いかけ、いや、何の問題もないかもしれない、と黒服は続け、煙草を一本窓の外に弾き飛ばしたかと思うと「俺がもし、永遠に一人で生きなければならないとしたらたぶんおかしくなってしまう」と珍しく普通のことを普通に言い出した。極端な思考回路の持ち主であると同時に、このような普通の弱さを見せることが彼は稀にあった。

「でも、永遠に一人で生きなければいけないのは、今だって同じだろ」

私がそう言うと、黒服は首を縦にも横にも振らなかった。

歓楽街方面から、女の叫び声や、男の怒鳴り声、消防車のサイレンが聞こえてくる。その前の夜も、その前の前の夕方も、歌舞伎町のどこかでラブホテルから火災が発生しており、私たちは窓辺からその煙を眺めるのにも飽きていた。時に歯をすべて失ったホームレスがラブホテルの前で『骨まで愛して』を大声で歌い散らかしているのを見たことがある。

黒服は言った。

「俺たちが生きていたという証拠を残すには、俺たちが生きていたという証拠を、ウイルスのように世界中に撒き散らさなければいけない。永久に何かを存在させるためには、半永久的に消滅しないようにすればいい。何かが一ヶ所だけにしかないと、それは簡単に滅びてしまう」

——彼の発言がなにを意味していたか、説明されずとも、自ずと私は理解できた。

私たちは、他の人間も、この真夜中の映画鑑賞会に招待することにしたのである。

……私たちは、ここにいる。そう叫ぶことにしたのだ。

——とはいえ、映画鑑賞会の告知をするのに、私たちにはなんの告知手段もなかった。

悪ふざけで創英角ポップ体を用いて私が作った告知ポスターは、遠目から見ると老人ホーム主催で行われる物悲しいゲートボール大会の告知ビラのような出来となり、控えめに言っても出来は最悪だったし、そのポスターを学生掲示板に貼り付け、その前を通り過ぎる学生を観察しても、誰も振り返ることはなかった。念のため、掲示板に貼ってあった聖歌隊のビラや広告研究会のビラ、お偉い教授の最終講義の告知ビラなど、どうでもいいそれらをすべて引き剝がし、改めて作り直したポスターを貼り付けた。目立つようにとラミネート加工までした。それでも、もちろん誰も振り返らない。私の前世の行いが悪かったのだろうか？

いや、きっとすべて言葉のせいだ。私はポスターの文言を捻った。

「この映画を見よ」

「この映画だけは見てはならない」

「この映画をまだ見ていないあなたが心底羨ましい」

「さようなら、先生。あなたから学んだものは、なにひとつありませんでした」

「同情するなら金を寄越せ」

「ウェイ」

「世界で一番孤独な夜に、世界で一番孤独な映画を見ましょう」

「この廃墟の門を潜(くぐ)る者は、一切の希望を捨てよ」

「留年生大歓迎、失恋者大歓迎、喫煙者大歓迎、成績優秀者は来なくてよし」

「サークルを辞め、バイトを辞め、人間を辞めつつある皆さんに朗報です」

「失恋と夜更かし、廃墟侵入、映画鑑賞は、我々学生の必修科目である」

もちろん、効果は全くなかった。

私の心は折れかけたが、それでもこの鑑賞会は誰かを呼ぶ価値があると信じていた。

しかしお手製のポスターが無駄に目立てば目立つほど、引き剝がされたビラの作り主である大学の女や広告研究会関係者、聖書関係者が私の分身を縦に引き裂き、ゴミ箱に叩き込む。復讐すると復讐される。暴力は繰り返される。当たり前である。ようやく私は気がついた。私の隣で私の可憐な奮闘を眺めていた黒服はとっくの前から根本的な原因に気がついていたらしい。ケタケタと笑いながら彼は言った。

「真夜中映画を見に行くために廃墟に出掛けるような人間が、真昼間の大学、それも学生掲示板のポスターの文字を一字一句見逃さない人間だと思うか」

ゴミ箱に入っていた私のポスターを取り出し、畳んで、彼は私のポケットに入れた。

「真夜中に海に行くような人間は、死にたいと思っているから海に行く。死にたいと思っているような人間は、まず真夜中に起きていて、真昼の掲示板じゃなく自分の携帯を眺めている。それか失恋か何かでもして、由比ケ浜か九十九里浜で膝でも抱えるだろう。要は、俺たちの潜在的な同志は昼間あれを見ることはありえない」

「じゃあ、どうすればいいんだ」

「愛は常に、直接伝えるべきだ」

——黒服は、やる、と言ったら必ずやる男だった。

ポスター戦略からダイレクト戦略に切り替えた黒服は、ツイッターで、早稲田松竹映画館をフォローしているアカウントや、深夜の発言率が高い学生、新宿近郊に住む学生、あるいは昨日失恋したばかりの人間総勢千名に、映画鑑賞会告知のDMを送信した。手際の良さはまるでDMのテロリストである。千人に送れば五十人から返信が、その内の十人前後からは好意的な返事があり、その内の一人は誘った当日、殊勝にもこの廃墟にお菓子やアイスを片手にして照れくさそうに訪れた。振り返れば精神的に不安定な人間が一人もここに訪れなかったのは奇跡だった。黒服は他人の文体を見ただけでその人間の性格を推知できたため不安定な奴は元から誘われていなかったのである。

私が驚いたことは他にもある。

黒服は一度会った人間の顔も名前も家族構成も、二度と忘れなかった。初めて来た客には、なぜか特製のココアでもてなした。この廃墟に満足した客がまた別の一人を連れてきた。その友人の友人がそのまた友人を連れてきた。なんでも知っていた黒服は、客の神学論争から時事論議、悩み相談、性的な話までどんな話題にも対応できたが、自分の話をすることはほぼなく、客の話の聞き手に回った。腹が減った客にはパスタやポテトを振る舞った。「こんなに話の分かる相手は初めてだ」と客の誰もが思っただろう。黒服は別れ際の握手も忘れなかった。黒服は客が望む言葉を知っていた。客が望む場所を知っていた。客が望む人間も知っていた。

最初は廃墟の物珍しさだけでやってきた寡黙な客も饒舌(じょうぜつ)な客も頭の良い客も悪い客も、一瞬にして黒服に心を許したのは言うまでもない。きっとバーテンダーになってもホストになっても黒服は日本一になれたことだろう。黒服は与えた。惜しみなく与えた。時間も金も、言葉も感情も。何の打算もなく。

いつのまにか一人掛けのソファだけでは足りなくなり、二人掛け三人掛けのソファがどこからともなくこの部屋に新たに調達された。この廃墟と彼を愛する客が不可逆的に倍加していくのを見ながら私は先輩のことを思い出していた。

先輩も人から愛される術を知悉していた。しかし彼は、厳密には、先輩とも違う。黒服はそれに加えて、何かが決定的に欠落しているように思われた。

人は長所で好かれ、欠点によって愛される。

自分だけが彼の欠点を理解し、自分だけが彼の欠点を埋め合わせることができる。そう思わせる巨大な欠損が黒服にはあった。その欠損は倫理だったのかもしれない。未来だったのかもしれない。退屈や希望、愛とか打算だったのかもしれない。自身の欠損を理解する人間は他人の欠損に誰よりも早く気づき、理解し、愛することができる。黒服は、そうして客から孤独を取り去ると同時に、客に孤独を与えていた。それさえも彼の戦略だったのだろうか。

新参客が持ってきたオールド・パーやブラックニッカ、マッカランやバランタインのボトルに、大小様々な形をした灰皿、そしてキットカットやらデメルやらチロルといったチョコレートの類がこの部屋に増えていった。高価で知られるロッソ・ノービレのルームフレグランスをここに寄贈してくれたのは、昼は大学生、夜は歌舞伎町で仕事をしている女の客だった。

ただでさえ大学から足が遠のいていた私は、そうして大学で前期試験があったことさえ気づかなかった。

映画が家なき子の家、父なき子の父であるように、この映画館もそのようになった。程なくして、常連ができた。大抵の映画を見終えてしまった私たちは新たな客が来たら、その客の気分に合わせて上映内容を決めることにした。昨日失恋したばかりの男がやってきた時は『ブルーバレンタイン』や『エターナル・サンシャイン』など究極の失恋映画ナイトを、とにかくグロテスクなものが見たいという女がやってきた時は『殺し屋1』や『ホステル』を、とにかく馬鹿馬鹿しいものが見たいというサラリーマンがやってきた時は『昭和歌謡大全集』や『26世紀青年』『40歳の童貞男』を、新宿区内の高校に通ういじめられっ子が訪れた時は『告白』や『ファイト・クラブ』『ナポレオン・ダイナマイト』を上映した。壁一面にDVDが埋まっていく。たまに室内に出現した、殺鼠剤（さっそざい）でも死なないネズミは、いきなり増えた人間の数に驚いたか滅多に現れなくなったが、猫はここにいることを選んだ。つまりこの畜生は、常連たちの膝にちょいと乗っては、また別の常連の足に尻尾を巻きつけ、眠る時は、黒服の膝の上を選んだ。

終電を過ぎた時間は、私たちの時間だった。

亡霊が起きる時間が、私たちの時間だった。

た。

朝が来るまで、私たちは誰よりも快活で、自由で、勤勉であり怠慢で、享楽的だった。

上映終了後、常連と私たちは映画の感想を言い合ったり、食事をしたり、お互いの身の上話をしたりした。黒服が無礼者を何よりも嫌ったため、常連には礼儀正しい人間だけがいたが、控えめに言って、こんな廃墟に訪れる人間に碌な経歴の持ち主はいなかったと断言できる。

たとえば三浪二留で、今年で三留になろうとしている、学費で一軒家が建てられるお先真っ暗な文学部生。同性愛者であるというだけでゼミの教授から虐められ、研究室を爆破して自分も死のうと先月まで多摩川の河川敷で爆発物の試作品を作り続けていた理工学部生。内定を取るためにありとあらゆる自助努力をしたが、重要なことを口にしようとする前に下唇を強く嚙み過ぎる癖が目立ち過ぎるため、今年も内定ゼロで終わった六年生。月の残業時間が過労死ラインの三倍を超えてもう二週間は家に帰ってないのにこの廃墟には足繁く通う卒業生。父が蒸発したため、キッチンドランカーとなった母に暴力を振るわれまいと自分の部屋の隅にアマゾンで買った電動ノコギリを常備している、見た目はどう見ても普通の商学部の女などがいた。

皆、示し合わせたようにチワワとビールとムートンブーツが嫌いで、唐揚げに檸檬を掛ける人間と大学と甘々の恋愛主義映画を心の底から憎む一方、酒とパンクとジャズと夜更かし、そしてフリースタイルダンジョンが好きだった。どいつもこいつも学校や社会から爪弾きされたか、あるいはいずれそうなることが確定している人間だった。

みんな映画が見たかった。映画を見なければ黒服以外、全員犯罪者になっていただろう。

常連たちを夜毎に誑し込み、心酔させる黒服の姿に、私がやっと思い出したのは、他ならぬ東京タワーだった。暫く会わない間に、お互いのすべては変わってしまう。私の想像上の鉄塔、それが私への引力を徐々に弱めていたことに、私の心は大いに揺らいだ。私は鉄塔なくしては存在できず、鉄塔もまた私なしに存在できなかったはずだ。今、この愛が黒服の力によって潰えようとしていた。あるいは私が単に無責任だっただけなのだろうか。

夜、常連と新規客に賑わう廃墟を抜け出して、私は一人、芝公園へ急いだ。増上寺の境内、そこから夏の夜の鉄塔を見上げる。春とは照明が変わり、涼しげな白の光に無様に照らされた鉄塔に思わず私は涙した。私が放置したために鉄塔はあの美しい橙色を失ってしまったのだ。そうして鉄塔は私に何も語らない。私に見捨てられつつあったことを、この無機物は承服できなかったのだろう。その孤独、この愛おしさ！

暫くの不本意な離別を経た今、私に愛を乞う鉄塔は蝿のような私と対等になっていた。私たちの違いは有機か無機か、それだけだ。いや、待て。鉄塔がそんなに容易に堕落するはずがない。私は初めて鉄塔の足元へと詰め寄った。のみならずその勢いに任せ、鉄塔の骨に指先で触れた。心肺蘇生(そせい)をするかのように。瞬間、脊髄(せきずい)から耳の後ろへと痛みにそっくりな電流が走った。私は狂喜した。鉄塔は私を覚えている。そして私を拒んだ。こんなにも憎まれるほど、鉄塔は私を愛していたのだ。私は鉄塔に頬を付け、最後に私たちが会った日から、今日までの私の愛を滔々(とうとう)と口にせず語った。その仔細な内容をここでは決して語るまい。私は鉄塔との秘密を他人に知られることなど、一分も好まないからだ。

私の中心は、こうして廃墟と鉄塔との間を何度も往復することになった。常連も黒服も屢々(しばしば)度数の強い酒に酔うことが多かったが、常連の顔立ちは日々日々快活な顔を取り戻していった。真夜中のお喋りは続いた。私はこの時初めて誰かに何かを与えること、その幸福と満足とを知ったのかもしれない。映画鑑賞会が終わって腹がすけば、常連らと一緒にコンビニに行って歌舞伎町の駐車場に座り、ポテトやサンドウィッチ、アイスを食べた。

それでも私が鉄塔を愛していることを、彼らに語ることはまずなかった。誰からともなく、名残惜しそうに歌舞伎町を去っては、また戻ってきた。私たちの廃墟での映画鑑賞は、いつも真夜中に行われた——。

第九章

ふたりきりにはなれないふたり

「君の夢を見たよ」

朝九時、携帯にＬＩＮＥがあった。

「どんな夢ですか」

「君と寝る夢だった」

ベッドから飛び起きた。

嫌がらせと猫は、望んでいない時にやってくる。ベランダでは蟬が絶叫していた。水を飲む。歯磨きもする。うがいもした。ずっと返事を考えているのに、何も浮かばない。

――こんな時、どんな風に返すのが正しいのだろう、と思った時には携帯の画面をスクショして先輩のアイコンと名前を塗り潰し、佐藤にこの文面を送っていた。送ってしまっていた。

「これさ、どういう意味。簡潔に教えろ」

コンマ一秒で既読が付く。

「俺をフロイト扱いするな」という仕様もないクレームを無視していると、続け様に「おめでとう、よかったな」「夢に出たって言われると、なんとなく照れるよね」「てか、寝るって、あの、寝るってことかな」というさらに間抜けなメッセージが続き

「それが知りたくておまえに訊いとるんやろうが」と返せば「知らん、本人に訊けや」と、まともな返事が返ってきた。

「本人に訊けへんからおまえに訊いとるんやろが」

……返事がしばらく途絶えたかと思うと、目が腐るのではないかと思うような佐藤の仮説が私の携帯の画面一杯に表示された。

「まず考えられる可能性は三つ。A説は、この女は清楚な振りして誰とでも寝るような女で、つまり朝方一番男が男を持て余す時間帯にいきなり、君と寝る夢を見ました、みたいなワードを朝からぶっ掛けることで東京のすべての童貞をぶっ殺す、ただそのためだけにこの世に生まれ落ちた恐るべきセックスマシーンである。B説は、それか単純に、この女は吉祥寺辺りに住んでるチチカカかなんかでネックレスとか数珠を間違って買ったりするような、パッと目を離した隙にボランティアサークルに入ってエヌピーオー法人の活動の一環で恵まれない子供のために千羽鶴とか折り出して自分だけ無傷で世界を救った気になってるような、んでちょっと押したら行けると思ったら実は貞操観が六法全書並みに堅いタイプの女で、結果的にその貞操観とは相反する諸々の言動で、童貞を扇風機みたいに巻き込んで殺すタイプの、本棚に浅野いにおとか置いてあるような中央沿線系女子。放っておいたらポエムが飛び出すタイプの、ゆめかわ系とも言えるかもしれん。C説は」

「もういい」

「冗談だよ。C説は、おまえのことを現実で処理できなかったって告白だよ。酔っ払ったら、普段押し込んでた本人の言動が出てくるもんだろ。普段寝てない奴は酔うと寝るし、賑やかな奴は酔うと押し黙る。夢もさ、自分が無意識に押し込んだ、処理できなかった願望によって作られるって言うじゃん」

　佐藤は今どこで何をしているのだろう。少なくとも、今は一人で、この文章を私に送るまで携帯を握り締めていたことくらいは想像がついた。

「おい、既読無視すんな。その後の経過は全部報告しろ。俺がおまえの恋のPDCAをお手伝いしたるからな」

……恋のPDCAという文字を見た途端、こいつには以後なにも共有しないでおこうと思った。恋愛くらい一人ですべきだ。失敗くらい一人ですべきだ。絶望くらい一人ですべきだ。

　思い返すに、この時はまだ、私は何も知らなかったのである。

　携帯を持ったまま、ベランダで煙草を二本吸った。それでも足りず、もう一本を灰にして、もう一度携帯の画面を開いた。太陽の熱を吸ったせいか、携帯の裏が異様に火照(ほて)っている。

　最後のメッセージを受信してから、十五分も経過していた。

「どうしてそんなことを僕に教えるんですか、歳下だからってからかうのはやめてください」

「あたしだけがさ、気まずくなるのってさ、不利でしょ？」

「あの、お願いがあります」

「なに」

「東京タワー行きませんか」

「別々に？」

「一緒に、に決まってるでしょ」

「嫌だ」

「……」

「冗談に決まってるでしょ」

「本気か冗談か、分かる訳ないでしょ」

「あたしが最近誰かとそこに行ったかどうか確認しなくてもいいの？」

「どうでもいいです、そんなこと」

「いつでも行けるよ、君もでしょ」

――待ち合わせは、夜にするか昼にするか迷って、夕方にした。

私が彼女のSNSを見ていることを、彼女は知らない。痛々しいほど詳しいのに、私は彼女の近況について、全く知らない振りをしなければいけない。ふとそのことを憂鬱に思い出した。

なんとなく黒のブーツを履いた。

待ち合わせに指定した田町駅の改札口で、三時間後や五時間後の天気予報を見た後、iPodのプレイリストを忙しなくひっくり返していた。待ち合わせの時になんの曲を聴こうか、いつも迷う。結局、失恋の曲にした——というより、恋愛の経験が一度もない時から、失恋の曲しか私は普段聴いていないことにこの時初めて気づいた。

待ち合わせの前に繰り返し聴いていた曲なんて誰も知ることはないだろう——それにしてもたとえば今この瞬間私が死んでしまったとして佐藤や私の母は、私の携帯電話の最新の発信相手に私の訃報を知らせようとするだろうか。あるいは携帯の中の写真フォルダから笑顔の私の写真を白黒の遺影に選んだり、あるいはプレイリストを聴きながら私がよく歩いた場所を弔うように歩いたりするのだろうか。携帯を握り締めている間は思い出ひとつできないのに、その持ち主が死ねば携帯電話そのものが人間の代替品と化してしまう。これ以上の矛盾があるだろうか。そういえば数年前、死んだ叔父の携帯を解約しようと死亡診断書と戸籍謄本とを携帯ショップに持っていけば、本人がいないと解約できませんと店員に突っ返され、本人が死んだのに解約できへんとはどういうことやねんと怒り狂う母の隣でやはり私は笑いを嚙み殺すのに精一杯になったことを思い出した。

このような愚にもつかない最悪な連想を、私は人と会う前によく行う癖があった。

「君の携帯、バッキバキだね」

……いつのまにか先輩は私の隣にいて、私と一緒に携帯の画面を覗き込んでいた。

慌ててイヤフォンを外す。

「こんばんは、先輩。生きてたんですね」

「あたしの死亡公告とかが官報に掲載されてたの？」

彼女と会っている間、私は彼女に会いたいと思わなくて済むのだった。

「いいえ。ただ、生きててよかったと思って」

「君と私のどっちがよ」

「どっちも」

東京タワーの展望台は工事中で、三百六十度の内、台場方面の百二十度しか見られなかった。こんなはずではなかったのに、と思ったが、果たしてどんなはずならこんなはずだったと言い切れたのだろう。私たちの目の前には、大金持ちで孤独な貴婦人の寝室にあるような宝石箱、それが一人の悪賊によって蹴り飛ばされた後かのような、乱れて虚しい幸福な光の粒が拡がっている。展望台の中は空気が薄い。他の客を一瞥すれば、私たちから一〇メートルほど離れた場所で、高校生くらいのカップルが信じられないほど身体と身体を絡めあわせ、互いの愛の確認をしていた。つい先日まで私はこのような男女に対して、諸行無常、さっさと別れてしまえば良い、こんな醜態を世に認めさせないと愛の確認もできない畜生め、と軽く唾棄できたはずなのに、先輩の隣に立てば、それが今や困難になっていることに気づいた。少なくともその二人を先輩の目には触れさせないよう、私は自分の身体でその現場を隠した。緊張していたからだろうか。緊張していることを悟られないようにすることで、緊張はさらに加速する。

そうして意味不明な話ばかりが口を突いて出てきた。

「東京タワーってね、一人だけ、ここから飛び降りた人間がいるんです。昔、男が一人で侵入して、展望台まで上がって、で、スチール製のゴミ箱でこの窓を叩き割って、冬の真夜中飛び降りたらしいですよ」

「死にたいと彼が思ったのはどうしてなの」

「確か借金です」

「ここで死のうと決めた理由は？」

「考えられる理由は、これしかないでしょ」と展望台の外に目をやった。

「――可愛いよね、男の人って」

「どこが」

「そんな行動力と勇気があるなら幾らでも稼げたはずだよね、その人。火事場の馬鹿力みたいなものがあるのかな」

「僕も思いました。死にたいと思ったら、山手線に飛び込むとか腹上死するとか用法用量を守らないとか、山ほど方法があるのに、わざわざ真夜中ここに忍び込んで、窓を叩き割って、そこから飛び降りた彼のこと、僕、ものすごく羨ましいんですよ。どんな体勢で飛び降りたのかも気になります。頭からなのか、足からなのか、どの方面を見ながらか、とか。生きることは諦めたのに、死に方は譲れなかったのも、全部好きなんです」

「東京タワーに思い出があったのかもね、その人。笑っちゃうくらい平凡で、ばかみたいに幸せだった最後の記憶が――で、それはもう絶対に取り返せないものだったのかもね」

飛び降りた男は、たとえば彼女のような女性と生前知り合っていたなら、あるいは黒服のような男と知り合っていたなら死ななくて済んだだろうかと、ふと思った。黒服は廃墟を訪ねてきた苦学生に無償で金を貸してやることもあった。一日三食とも公園の水道水で生きていたような男だ。「返済されないだろ、いいのか」と私は止めたが「構わない」と黒服は言った。「あいつが金を持っていた方が、俺が持っているより、遥かに面白い」と。

隣にいたサラリーマンが、東京の夜景は残業で出来ている、と使い古された冗談を口にし、その隣にいた女を笑わせるのを見て、先輩は軽い舌打ちをした。私はその舌打ちに笑った。別の老人の客はといえば、この鉄塔の建材は朝鮮戦争で使われなくなった米軍の戦車を溶かして調達されたという蘊蓄(うんちく)を連れの子供に披露していた。ルックダウンウィンドウは見ていきますか、と先輩に訊くと、いいよ怖いし、と、ちっとも怖がってはいなそうに先輩は断り、どこでどんな風に気を取り直したのか「ところで人間ってさ、自分が好きなものを一生懸命語る時、そんな私を受け入れてくれますか好きになってくれますよねって告白してるらしいよ、相手に」と悪戯な目つきで私を試してくる。くだらねえ、と返しそうになり、もっとくだらない話を続けることにした。

「あそこでイチャイチャしてる男女、どっちが先に別れを相手に切り出すと思いますか」

「女からだよ。女からだね。だってあの子、赤色の服着てるし」

「赤い色の服を着てたら、別れを先に切り出すものなんですか」

「あと、百貨店に左足から入る女は、この世に絶望しているよ」

「それ、全然分からないです。でも、僕も女かなと思いました」

「どうして」

「男の方が緊張してるんで」

「あたしたちはどうなるんだろうね、付き合ってもないけど」

私が最初から先輩に勝てるものなんて、何もなかったのかもしれない。

「よく、この夜景より君の方が綺麗だよ、って冗談で言う男っているじゃないですか」「死ねばいいと思うけど、あえてそれ言われたら、もう一周回って可愛く思えるかもしれないよね」「いやいや嘘でしょ。世界中のものが可愛いんですか」「あたしベタなものが嫌いじゃないんだよ。ダサいことができる人のこと、嫌いになれないんだよ。そんな人のこと間違って好きになっちゃうこともあるじゃん、好きでも嫌いでもなかったはずのものにさ」「どんだけ愛に飢えてるんですか」そう私が茶化すと、だって、東京だよ、ここ、と彼女は自嘲気味に笑った。

大展望台の売店で、ソフトクリームを二個買った。

そうして二人で、だらしない夜景を眺めながら、それ以上のだらしなさで急速に溶けていくソフトクリームをスプーンで掬って舐めた。東京の夜空が黒ではなく紺色になるのは、元々の空の黒に地表が放つ微かな赤色の光が混じるからで、その赤の光源の一つはまぎれもなくこの鉄塔のものだと思われる。先ほどから先輩が黙っているのは緊張しているのか、私に興味がないのか、ソフトクリームのせいか、未だに判断し兼ねた。少なくとも、そんなことを考えているのは私だけのようにも思われ、遠くで明滅する首都高十一号線の輪郭を睨みつける他なかった。東京が大停電にでもなれば、私たちは少しだけ近付けたのかもしれない。

私にチケットを送ってくれた人間は、今、鉄塔の中にいるのか、それともここから見える景色のどこかにいるのか、それとも実はそんな人間は存在しないのか。そんな空想にも飽きて、私はずっと彼女と話したいと思っていたことを、勝手に話すことにした。

「あの……もし世界でたった一つだけなにかを滅ぼせるとしたら、なにを滅ぼしますか」

「なにも。なに一つ滅ぼしたいと思えない。——昔はあったかもしれない。君はあるの」

先輩は嘘を吐いている、と思った。あるいは、そう思いたかったのかもしれない。

「もし、ですけど、東京タワーが消えてなくなったら、どうなると思いますか」

「どうやって消えるの」

「燃えたりして消えるんです」

「鉄だから燃えないでしょう、金閣寺じゃあるまいし」

「でも燃えてたら可愛くないですか」

「可愛くないでしょ、あっ、嘘、いや、可愛いかな」

「可愛いですよ」

「可愛いかもね」

「絶対に可愛い」

「――そう言われたら可愛い気がしてきたわ」

鉄塔が燃え落ちたらどうなるか、という些か子供染みた仮定は、まさに日頃黒服がよく口にする無責任なそれに似た、何の気もない雑談の歯車でしかなかったのに、いざそれを口にすれば、私の意思とは全く無関係にその歯車は恐るべき速度で回転し、火車となり、あたかも最初から仮定であることなど許されぬ、ある日ある瞬間必ず実行されなければならない事業のように思われたことに私は慄(おのの)いた。さらには今でも理解できないことに、あまりに突飛なこの着想は、私に由来する願望ではなく、鉄塔自身がかねてから抱いていた切なる願望であるかのように私には思われたのである。

金閣寺燃やしたのって見習僧侶だよね、彼はその後どうなったんだっけ、と先ほどの雑談をどこかたどたどしく回し続ける彼女は、しかし私をすぐに現実へと引き戻した。彼女は鉄塔が燃え落ちることなど起こり得ないものとして取り扱い、私を笑い、世界を笑うだろう。こんな考えを彼女に開陳したところで、何になるだろう。

　このような幻を葬るために私がしたことは、このようなあてどもない会話だった。

「それにしても昔怒ってたことって、いつかは忘れてしまうものなんですか」

「どうだろう。忘れられたこともあるし、まだ忘れられてないこともあって。忘れなくても、でもどうすることもできないものはやっぱり時間が忘れさせてくれるんだよ。時間に強制終了させられるの。もしずっと怒ってたら、きっと身体が持たない。たまに怒り続ける人っているけど、それってきっとすごいつらいことでもある気がする」

　忘れることさえ忘れないと、完全に忘れたことにはならないことは、私でも理解ができた。そして人間が人間に行い得る最大の報復は、目の前の相手に自分の存在を永久に忘れさせないことだ。その相手に「おまえのことはもう忘れた」と言い放つことで最後の報復は完成するだろう。

「じゃあ、先輩が最近怒ったことってありますか」

「――なんか面接官みたいな質問だね。そうだなあ。最近だと、就活の面接で怒ったかも。君に私がした圧迫面接を私がされたってわけじゃないよ。てかね、面接でとても苦労する友達もいたけど、私にはそれが全然分からなかったんだ。だって面接なんて、結局面接官の話を質問して引き出して、面接官をお話の主人公にさせれば、余裕で受かるもんなんだよ。おじさんに気持ちよくなってもらえれば絶対受かるものなの。でもそれって結局私が誰であってもいいってことだよね。聴き分けの良さそうで純粋そうな子なら誰でもよかったってことなんだよ」

「いえ、そんなことないと思います」

「そんなことあるんだよ。お金払ってでも女の子に話を聴いてもらいたい男がいるって理由が初めて分かった。もちろんこれはおじさんだけに限らなくて。みんなさ、自分の話を聴いてもらいたいだけなんだ。誰かの話なんてどうでもいいんだ。そう思うとなんか笑えちゃって。すごく怒るともう笑えてくるってことないかな。私も私で、そんな回路が出来上がっちゃってるのかもしれない。どんなに怒ってもすぐにそれを自分で消火して、諦めて、すぐに笑って、誤魔化すような回路が。ごめんなんか長くなったけど、うん、そんな自分に、いや自分かな、うん、自分だ、に怒った」

――先輩は気まずそうに笑った。

この真摯な告白に私の胸が搏(う)たれたことは言うまでもない。

私も笑うことにした。大笑いすることにした。それについては、もう笑うしかないですね、絶望したら笑うしかないですね、ところでaiko は絶望したらココアを飲むらしいですよ、ま、嘘ですけど、と私が加えると、君にこんな話して私は大損だよ、と先輩も笑った。

「東京タワーって、前にも来たことありますか」

「ない、見てただけで、入るのは今日が初めて」

「僕もないです、先輩とが初めて」

「照れますな」

「照れますね」

「あのさ、東京タワーが嫌いなの？」

「まさか」

私が生まれて初めてのデートに選んだ場所なのに。

「じゃあ好きなの？」

「いいえ」

「じゃあなんで」

「たぶん東京タワーは永遠だからです」

こんな愚にもつかぬ私の台詞、私の解釈、私の定義……それに自らの腹部をナイフで裂いて内臓を曝け出すかのような覚悟と羞恥を、それも一瞬にして提出した矛盾を人は笑うかもしれない。そうして私の顔には知らず識らず自嘲と諦観とが綯い交ぜになった色が浮かぶのが自分でも分かった。だが先輩に否定され、容赦のない無理解を受ける覚悟も、私は彼女と初めて出会った時点でできていた。そんな私をまっすぐに見詰め、「何言ってんの、さっぱり分かんないわって言われたいんだろうけどさ」と彼女は眉を掻き、「でもごめんね、それは、完全に分かる」と言った。

「ずっと続くものって羨ましくて、眩しくて、ずっと見てたらさ、眩し過ぎて死にたくなってくる。そういうことでしょ」

先輩は何か大事なことを口にする直前、人と目を合わさない、ということに私は気づいた。この顔がおそらく、携帯で彼女が文字を打っている時の顔なのだろう。この世には相手と目を合わせながら話すと、相手が喜ぶような嘘ばかり口を突いて出てくる人間がいる。その不誠実を自身で誠実に忌み嫌う人間しか、しない所作がある……。

「え、何言ってるんですか、さっぱり分かんないです」

へらへらと笑う私を、先輩は軽く睨み、それから私の肩を殴った。

暫く訪れた沈黙が心地よかったことを覚えている。キルケゴールは、沈黙は二人の相性だと言った。フランス人はその沈黙を、天使が通ったというらしい。この一瞬は、私が東京に住み始めて初めて味わった、安全で、甘い瞬間だった。私が東京タワーに対して、負の感情ではなく、なにか洗い立ての、哀しくなるほど幸福な新品のベッド、それに身を預けた瞬間の、あの感懐のようなものを覚えたのは、後にも先にもただこの瞬間だけだったのかもしれない。

あ、思い出した、と先輩が小さい叫び声をあげ、脆くもその瞬間は終わった。

「あたし、ＬＩＮＥが嫌いなんだった」

「どうして」

「既読がさ、邪魔なんだ。あとステッカーも。あれ、全然要らない」

　このデートはそもそも彼女からＬＩＮＥがなければなかったのに、と思いながら、

「でも既読システムって震災が起きた時、相手が生きてるかどうか確認するために付けられたものじゃないですか。僕もなくてもいいとは思うんですけど、たとえば隣国からミサイルが飛んできた時、ミサイル飛んできたで、世界の終わりやな、暇潰しに辞世の一句でも考えよか、って言い合ってたのに、相手からいつまでも既読が付かなくなったら悲しくないですか」

「世界の終わりの時は、みんな携帯を握り締めたまま空を眺めてると思う」

　だから大丈夫だよ、と先輩は言った。

「既読も未読もなくなれば元通りになりますかね」

「誤読は永久になくならないから、それも大丈夫」

　彼女の何かを私が読み間違えているという意味なのだろうか。返す言葉に詰まっていると、とにかく風情がないものは全然だめなの、全然、と、まるで憲法の前文を暗唱するかのような無感動さで先輩は付け加えた。

「ＬＩＮＥなんかなくても、メールなんかなくても電話も手紙も電車もなくてもさ、会いたい者同士はどんなに忙しくても必ず会うし、会いに行くし、会い続けると思う。逆を言えば、会いたくなければ、再来週のスケジュールまで真っ白でも、いや、あん

たに会うほど暇じゃない、あんたに会うくらいなら家でネットフリックス見るわ、猫の爪切るか自分の爪でも切ってるわって思う。だから今日暇ですか暇な日ありますかって男の人が訊いてくるのって、割と無防備だなって今思った」

「おモテになるんですね」

「どうでもいい人にモテることとは、モテるとは言わないよ。不特定多数にモテることもモテるとは言わない。自分が好きな人にちゃんと好かれることが、モテるってことなのであって」

「大変勉強になります。ご指導ご鞭撻(べんたつ)の程、誠にありがとうございます」

「こちらこそ引き続き、どうぞ宜しくお願い申し上げます」

東京の夜景にも、そこに加えるべき皮肉にも飽きて、ソフトクリームの包み紙を丸めてゴミ箱に捨てて、展望台を降り、お土産コーナーを見るともなく見ていた。ふと目に入ってきたピンク色のキャラクターグッズが、猥褻物に見えなくもない、という私見を切り出そうか迷って、やめた。分かりえないことはもちろん、分かり切っていることは語るべきではないからである。

「この後どうしましょう」

「どうしましょう」

「どうしましょうって訊かれてどうしましょうって答える人が、一番嫌われますよ」

「そんな簡単に嫌いになれるなら、最初から好きじゃないってことでしょ」

「あの、お時間まだ大丈夫ですか」

「……もう帰りたいの？」

「いや、そういうわけではなくて」

いや、そういうわけではなくて、という台詞が格好悪くて腹が立ち、人前で格好付けようとしている自分を恥ずかしいと思う、矮小な自分にも腹が立った。黒服ならもっと完璧な返し方をしたに違いない。佐藤なら——先輩の前に立てば何もかも上手くいかない自分に純粋な怒りを覚えた。

「LINE株式会社が新宿にあるので、今から一緒に、今から一緒に下見に行きませんか」

「どっちがチャゲでどっちがアスカなの」と先輩は呆れたように笑って、「あのさ、気を遣わなくていいよ。気遣われてることに気づいてない振りができるほど、気遣われるのが上手い方じゃないから。気遣ってない振りをするくらいで、ちょうどいいから」「僕は最大限先輩には気を遣っていたいので、気遣われていることには気づかない振りをしてください」「いるよねそういう人。嫌いじゃない。下見は嫌。頑張れ、青少年」と、先輩は私の背中を叩いた。

そういえば頭以外が混乱したりすることとかあるんでしょうか、だなんて言いながら、とりあえず外に行きましょう、とエスカレーターを降りようとすると彼女は急に私の袖を摑んだ。

「あ、ちょい待って――あの、いや、ごめん、あのさ――靴擦れをさ、しちゃったみたいなんだ」そう赤面しながら彼女は屈(かが)んで自分の靴を脱ぎ、また履き直した。よく見ると、彼女の靴は真新しいヒールだった。待ち合わせ場所でデートが始まった瞬間、相手の前髪から靴の先までちゃんと褒めろ、褒め殺せ、とネットに書いてあった恋愛指南のことなど、すっかり忘れていた。その靴すごくいい形ですね、だなんて周回遅れの台詞が今更ながら私の口から飛び出てきて、すぐに後悔した。

「大丈夫です、大丈夫です。買いに行きましょう、絆創膏(ばんそうこう)」

「ありがとう。新しい靴履いたらさ、靴擦れすることとくらい普通分かり切ったことなのにね、そんなことも忘れてたのかと思うと、ちょっとそれに落ち込む」

先輩は一瞬、あくびを嚙み殺す顔をする。私もあくびが出そうになり、嚙み殺した。もしかすると私たちはふたりとも昨日寝てないのかもしれない。

赤羽橋のセブン-イレブンで買った絆創膏を、先輩の代わりに私が傷口に貼り付けた。一枚、二枚貼ってもまだ心配で、三枚貼り付けると、患部はかなり無様な見え方になってしまった。無様ですが大丈夫です、と言ったタイミングで、ついこの前佐藤から三枚のコンドームを手渡されたことを思い出したが、お、歩ける、ってか汚ねえ、まあいい、でかした、ありがとう、あー、でもやっぱ痛いかな、でもさっきよりはだいぶマシと独り言を捏ねくり回す先輩を見ていたら、そんなことも忘れてしまった。おなかすいたでしょう、と訊ねると、すいた、適当にそのへん行きましょそのへん、まさか予約とかしてないでしょうね、食べログとかに頼るのもナシね、勘で行きましょう、勘で、と彼女は歌うように言い、身体を放り投げるようにしてK大前の飲屋街の方角に向かっていく。

なんとなくファミレスを避けていると「もしかしてファミレスのこと馬鹿にしてんのか」と先輩が切り込んで来る。結局私たちは、そのへんの可もなく不可もないイタリアンに入り、オムライスとハンバーグとポテト、赤ワインとジンジャエールを頼んだ。先輩はオムライスをひょいひょいと召し上がってはワインをちぴちぴし、私はハンバーグをぱくぱく食べジンジャエールをごぶごぶし、ポテトだけが中途半端に残った。「ポテトめっちゃ余りましたね」「ほんとだカチコチ」「好きですかポテト」「好き」「僕も大好きです」「好きどころじゃないかな、大好きだわ」「胃が縮んでるのであれですけど、もしあれなら食べ切りたいですよね」「もしかしてお互い遠慮とかしてたのかな」「早食い競争しませんか。最後の一本を食べた方が勝ちです。僕が勝ったら、僕が奢ります。先輩が勝っても僕が奢ります」「すぐそういうことやりたがるよね」「風情がないですかね」「今度やろう、ポテトがシワシワになる前に」「約束ですよ」「はいはい約束ね」「あの、そのネックレス可愛いですね」「これ？」「ええ、惑星に十字架って変ですね」「パンクでしょ」「ではK大の正門に放火してから帰りましょうか」「君の前世って火刑とかに処せられた人なの？」

文学部図書館裏の喫煙所で一ヶ月程前、小火騒ぎがあったらしいことをその時私は先輩から知った。さては君がやったんじゃないでしょうね、と訊かれ、私は笑って誤魔化した。それから先輩は、最近サークルで起きた出来事や、これから行う予定であるイベントのことなどを淡々と教えてくれたが、そのどれもが私には遠い国の出来事のように思われた。

そのへんのイタリアンを出た後、「なんかね、もう今日は満足しちゃった。良い意味でね、満足した」と先輩が鞄をブンブン振り回すので不思議と私も満足してしまった。それからは、無人島でサバイバルをするとしたらどの学部学科生が一番生き残る確率が高いか、逆に一番生き残れそうにない学科はどこか（哲学科じゃないの）、東京二十三区でミサイルが落とされるとして最も文化的に大打撃を食らうことになる区はどこか（文京区かもね）、これまで食べた中で一番美味しかったポテトはどの映画館で売られていたポテトか（バルト9一択だよ）、これまで見た映画の中で最悪の出来だっまっていた。

た映画は何で、それはなぜか、という話をしていたらいつのまにか田町駅に着いてし

　私は、黒服の話も映画館の話も丁寧に避け続けた。黒服が私より遥かに魅力的な人間であることは自明だからだ。

　何より私は先輩にその夜、私だけを見て欲しかった。

　別れ際に何を言うべきか迷っていると「今日は君が誘ってくれたから、いつになるか分からないけど、今度は私が誘ってあげる。だってそうしないと平等じゃないし」と先輩は言った。

「またね。死ぬなよ。おやすみ」改札を抜けた先輩の姿が、一番線ホームの階段の向こう側に消えるまで見送る。先輩が私の方を振り返ることはなかった。

　結局、私たちは一度も手を繋ぐことはなかった。

　先輩に恋人がいるかもどうかも、元彼とどう別れたか、経験人数も、私と寝た夢がどんな夢だったかも、訊けなかった。いや、知りたくなかったのかもしれない。写真の一枚も撮れなかった。思い出になるであろうことが分かり切っているのに、その瞬間は、シャッターを切ることなど忘れるほど夢中になっている。このことも人類三大矛盾の一つに数えていいかもしれない。青春は、青春の中にいる時、それが青春だと気づけない、という教授の言葉を思い出し、果たしてこれが青春というものなのか

訝った。青春を振り返る時、振り返る私からはもう青春というものが跡形もなく簒奪(さんだつ)されてしまっている。

地下鉄や山手線で帰りたい気分ではなく、そのまま来た道を戻って、芝公園を目指すことにした。歩きながら、お礼の文章を書いては消して、書いては消してを繰り返していたら、先に向こうからＬＩＮＥが来てしまった。

「今夜はありがとう。楽しかった。あたし絵文字も顔文字も苦手で使わなくて、だからなんかすごい冷たい感じに見えるかもしれないけどね、でも、そうじゃないからね。気を遣ってくれてありがとう。ポテトも絆創膏もありがとう。いつか東京タワーを滅ぼす前夜には私に連絡してね。燃える東京タワーとか、インスタにアップしたいから。ご褒美にアイスでも奢ってあげるから」

そのメッセージの横に、まるで首を突き出して待ちわびていたかのような速さで既読が付いてしまった。既読というものを最も嫌っている人の文章の横に――。

慌てて、書いていた文章を送り返す。

「東京タワーまで付き合ってくださり、今日はありがとうございました。僕の夢だったんです、東京タワーに誰かと行くこと。いつかまたどこかに行きませんか。次はぜひ先輩のお好きなところに行きましょう。だってそうしないと平等じゃないし。その時は是非、履き慣れた靴で。アイスはすぐに奢ってください。ピノが良いです。空から降る三千のピノがあなたに墜落しますように。良い夜を」

――何度も彼女の文章を読み返す。あるいは、先ほどまでの彼女との会話で、彼女があえて言わなかったこと、触れなかったことを見つけようとする。が、それが何かほとんど摑むことができなかった。あれほど会いたかったのに、どうしてこんなにも私は渇いているのだろう。あんなに楽しかったのに、どうしてこんなにも寂しいのだろう。そのことさえどうして腹立たしいのだろう。虚しいのだろう。愛おしいと思えないのだろう。許せないのだろう。

ポケットに入っていた絆創膏の包装紙を公園のゴミ箱に捨てる。絆創膏のレシートを握り潰して捨てるのにコンマ一秒ほど迷った。

東京タワーは相変わらず私を見下し、嗤笑(ししょう)している。

だが私は鉄塔の思惑を忘れていなかった。

携帯にその夜、最後の通知があった。

「ねえ、東京タワーに行くのって、誰でもよかったの？」

そして三秒ほど置いて、「冗談だよ、愛」と来て、私もかろうじて「愛」と返した。

第十章

おまえに好かれるために生きてる訳がねえだろ

不特定多数に好かれようと思ったら顔面を変えてしまうのが一番早いだろうし、特定の一人だけに好かれようと思ったなら内面を変えるのが一番早いが、一度でも終わったと思った相手が顔面も性格も自分好みに変えてきたところで、もう終わってるんだからどうしようもないと思わないか、と佐藤が語るのをそのまま舌でも噛んで死なないかなと思いながら聴いていた。広告研究会の女を「もう飽きた」という理由で捨てた佐藤は今度は相席屋やマッチングアプリに手を出していた。相席屋に来る人種は街によってバラバラだが、錦糸町の相席屋はバツイチの女がたくさんいて、「最高な夜」は一晩で三人の既婚女性とヤレたという。ティンダーには頭の偏差値も性欲も高い暇な女子大生がたくさんいてその日にクロージングしやすい、と佐藤は加えた。そのアプリの良い点は哲学科によくいるような女と違って、セックスした後に号泣しだすような女はいないし、すべて終わった後付き合いたいと縋（すが）られることもない点だという。ヴィヴィアンのピアスをつけた女が来た時は一瞬そっち系かと警戒したが、その女の攻撃的な騎乗位は歴代過去最高だった、と佐藤は言う。女も男の食べログを書くし、男も女の食べログを書くし、顔で選べて〇・五秒で狙うか狙わないか決められるから、ケダモノには会えてもバケモノには会わなくて済む。今は最高の時代だ、と笑う佐藤の顔は、バケモノになるにはまだ純粋過ぎるようにも思われた。

る。

「よく刺し殺されないで今日まで生きてこれたな、おまえは」と私が言うと、

「違う。俺が刺し殺したから、刺し殺されないで済んでるんだ」と佐藤は気丈に答える。

佐藤は、自分の話をさらに続けた。

余りにどうでもいい情報だったが、どうでもいい情報発信が佐藤の唯一の取り柄でもある。

「セックスは始まりであり、と同時に終わりでもあるのかもしれない。セックスできない男は一人で寂しく死ぬしかないが、性的絶頂が終わった後もどうせ死ぬしかないんだ。男が一日に十三回自慰行為したら即死するようにできているのも、睾丸(こうがん)を握り潰されたら即死するようにできているのも、もう男として存在する意味がないと脳が判断するからだ。決して激甚な痛みからじゃない。単なるシステム上の判断で強制停止するだけだ。ところでこの前知ったんだが、セックスをしないとフェレットのメスは再生不良性貧血になって死ぬらしい。セックスのし過ぎで死ぬ動物もいる。オーストラリアにいる有袋類のアンテキヌスって動物のオスはセックスしまくる過程で体内の組織と免疫系を自壊させて死ぬらしい。おまえも知ってるかもしれないが、Googleで最も検索されている単語はセックスで、DMM.comの無料動画で最も視聴されたポルノの再生回数は数百万回を超えている。誰かが数百万回自分で射精する姿

を想像できるか。人間は一回の射精でMacBook Pro約六十台分のデータ量を転送している。つまりだ。そのポルノの主演女優がこの世界から削除したデータは、約二億台のMacBook相当になる。来年か再来年には、三億台分のデータを削除するだろう……」

好きでも嫌いでもなかったものに、足を掬われたり、救われたりすることがある。先輩が言っていたことが、今の私にはなんとなく分かる。佐藤のこのような散文的で真偽のほどが定かではない知識の濁流を浴びている内に、私は誤って一瞬、佐藤など死んでしまえばよいと思っていたことを忘れそうになるのである。そうして私が笑えば、佐藤も笑った。

東京はもう八月になっていた。まるでその夏が東京にとっては、何億回目の夏かのように。八月は、夏生まれの佐藤にとっても好都合な季節だったに違いない。海に行っても陸に行っても山ほど彼の獲物はいた。与論島でのダイビングで無事に沈没船の写真をカメラに収め、東京に戻ってきた彼の、そのフレッドペリーのポロシャツの袖からすらりと伸びる両腕、スエードのローファーに滑り落ちていく両脚、その顔にも浅黒い茶色が小綺麗に定着し、どこかそれは粗末な印象派の贋作(がんさく)と似た印象を与えた。その横を歩く私の肌は、四六時中映画館にいたせいか、骨まで透けるかのように白く、まるで私たちは人種の違う者同士で話しているかのようだった。いや、まるで、どころではない——おそらく私たちは生まれた星さえ違っていたのだ。

「で、この前言ってた先輩とは、ちゃんとヤッたのか？」

明日の天気予報を訊くかのような口振りで、佐藤が切り出す。

「おまえさ、好きってなんだと思う」

「なんだよいきなり」

「だから、好きってなんだと思う」

「ヤッた後も、好きと思えるかどうかだろ」

佐藤らしい答えだった。私は時に、佐藤のことを可愛いと思う。同等、醜いとも思う。

「今までおまえはたった一人でもそう思える人とは出会えなかったんか」

「いた、かもしれない、けど、もう忘れてもうたわ」

「いつまで遊ぶつもりやねん」

「死ぬまで」

——佐藤が嘘を吐いているのかいないのかさえ、もはや私にはどうでもいい。

あの日のデートはなんだったのだろう。先輩と私はあの夜から一言もメッセージを交わしていない。ポケットに入れた携帯を手放せない自分の臆病に腹が立つ。私は彼女のなにかを見落としていたのか、それともすべてはやはり季節のような彼女の気まぐれだったのだろうか。あの日のことを彼女がSNSにあげることはなかった。私もだ。それはいい。でもそれからだ。なにが間違っていたのか、それとも間違っていたのは最初からなのか……？

――それでいて、あの夜の終わりに私が感じた不安のようなものは、いつか木端微塵に別れるかもしれない、そんなよくある男女間に生じる恐怖と決して同一のものではなかったということをここに断っておかなければなるまい。未だにその不安は、恐怖は、私の中で鮮明に光を放っていた。恐怖は黒い空間ではない。私にとって白い閃光だった。いつしかその光は私の中で結晶化し、巨大なカラットを有す、不可侵で堅牢（けんろう）な一つの鏡面体となった――その鏡面はもはや私も彼女も余人の誰をも反射しない。あたかも最初からそこにあった、あるいは、それだけしかなかったかのように、それは私の咽喉の奥に詰まったままでいた。

携帯のメールの受信箱にはサークルの会員が発案したイベント情報の告知――無人島合宿・軽井沢旅行・最高裁判所見学・サバゲー・陶芸体験・西東京に未来的な可能性を見出す会、生前葬を本人不在で大真面目に執り行う会、鏡に向かって「自分は橋本環奈である」と一万回呟く会等々――が、ひっきりなしに入ってきていた。

そのどれにも、私は参加していない。

私がサークルにいたことを覚えていたのは、先輩ただ一人だけだったと思う。

新宿駅東南口を出ると、首を焼き落とすような太陽光が私たちを襲う。佐藤は相変わらず、的外れな恋愛講釈を真剣に続けた。たとえその先輩に彼氏がいたとしても安心しろ、奪おうと思えば奪えないものなどない、まずはその彼氏のことを褒めて褒めて褒めまくって、愚痴を引き出すんだよ、元彼の話も丁寧に訊き出して頷いてやれ、まずは最高の友人になって、いつでも奪える準備をしておけばいい、で、彼女が落ち込んだ時を狙えば、絶対に勝てるから、と自分で自分の言葉を嚙み締めるようにして、佐藤はその御託を満足げに締め括った。

それにしても彼氏という言葉は、どうしてこれほど軽いのだろう。

……佐藤の根拠のない激励は、しかしなぜかその日、私には狂おしいほど眩しく思われた。佐藤は佐藤なりに世界を全力で解釈し、分析し、正気を保とうと全力で分類している。正気を失うまいとしている時点で正気は失われていることに佐藤が気づかないのは、無知からではない。この男の持っている強運のようなものに他ならない。森羅万象を統べる法則は確かに存在し、それを知っているか知っていないかで人生的な勝ち負けが決定すると思っているのだ。

淡色の憧憬、鮮烈な軽蔑――その区別がほとんど曖昧になっていく私の隣で「そういえば、歌舞伎町に新しい映画館ができたらしいな。学生が作ったらしい。ツイッターで知ってんけど行ってみいひんか」と佐藤が切り出し始める――最悪だ。控えめに言って、最悪だ。あの映画館の存在が佐藤のような人間にまで知れ渡れば、せっかくの努力がすべて水の泡になる。

「興味ない。そのへんでも散歩しよ」

なぜかルミネを嫌がる佐藤を、私は無理やり新宿西口方面に引っ張って行った。

都庁近くのカフェに辿り着けば、案の定佐藤は学校の成績の自慢を始める。前期で履修した科目で佐藤はすべてA評価を取り、TOEICでもほぼ満点同然の点数を取ったらしい。英語が専門の私の点数は、英語が専門ではない彼の点数より五十点も下回っていた。今度はインターンに行くんだと彼は言う。そして、私でも知っているような大手広告代理店の社名を口にした。

うわ、と言いかけた。確かに、こいつなら行けなくもない。

佐藤はさらに、大手新聞社が主催する、学生でも応募できる広告賞が幾つか存在すること、その優勝賞金は二百万円で、知り合いの知り合いの美大生と結託して応募作品を十数点作り、賞金を手にした暁には自分に箔を付けるため世界一周の旅に出る、と誇らしく言った。

「ずっと文化祭の前日みたいな仕事がしたいと思っててさ。クリエイティブ系がな、それやと思う。CMとかポスター作るために撮影したり、これは違う、あれは違うって考えるのって、めっちゃ楽しそうやん。自分の思いを伝えたいとかじゃなくてさ、なにかを知って欲しい人の思いを、それを知りたい人に最高な形で届けるって冒険と試行錯誤が俺の心をくすぐるわけ。熱くするわけ。広告はな、好きなものを大好きって叫んだり、弱いものいじめから弱いものを救うためにあるらしいねん」と佐藤は軽薄な動機を軽快に語った。

「おまえそれ自分で考えたんか」と私は言った。

「いや、箭内道彦さんが言ってた」

このまま聞いていれば、私の両目どころか両耳まで佐藤のせいで腐り落ちてしまう。別に俺徹夜とか平気やしな、と彼は自分に言い聞かせるように口にする。おまえなら行けなくもないと思う、という私の台詞が欲しかったのだろう。その台詞を待っているのか、やはり彼はポケットから電子煙草を探す素振りを始めた。

私は、佐藤が苦しむ顔が見たくなった。

「でもあそこさ、人死んでるやん、過労で。いや、ちゃうわ、殺されたも同然やねん」

「それはそれやけどさ」

何がそれはそれなのだろう。

「クリエイティブとかなんとかはな、クリエイティブじゃない奴が最後に縋ろうとする藁みたいな概念やろ。概念やから飛んで火に入る夏の虫というか蠅みたいな奴がブンブンたかってくるねん、ツーブロックにしてオンオフも伊達眼鏡を掛けるような人間のことや。大体、おまえみたいに遊び心しかない、誠意の欠片もないような奴を誰が採用するねん。自分で作りたいもんがそもそもないような奴が金もらって人の作りたいもん茶化して何様のつもりやねん。たったの一度も自分で金掛けてなにか作ろうとしたこともない奴、なにかイベント打とうとしたり誰か人を呼ぼうとしたこともない、既存の輪っかに入って酒飲むだけか自撮りするかと思ったら渾身のハッシュタグ付けて同じような奴とばっかつるもうとする、熱くもなれんし冷たくもなれんような腑抜けが、最初から先陣切って全力で恥掻きながら何かを始めて人を巻き込んできたような、ちゃんとした奴と並べられて、自己アピールやらなんやらさせられて、そんな奴がちゃんとした奴に勝てるわけがないやろが。おまえにはそれができるんか。てか、それをやる気があるんか。そもそも、そんなん企業に入らんでもできることやろ。誰かのことを応援したり、虐められとる弱い奴、不器用な奴を言葉とかアイデアとか戦略で助けて、自分の名前一つで戦うなんて今からでもできることやろ。どんだけこの世に困ってる奴がいる思うてるねん。今それしてへんってことはどっかでおまえはそれやりたくないと思ってんねん。泥臭いことはちょっと、とか思ってんねん。包丁さえ握ったことない奴がシェフになろうかな言うてるのと同じじゃ。何が賞じゃ賞金じゃ世界一周じゃ。褒められへんとなんもできへんのか。オッサンによいしょされへんと自信も持てへんのか。おまえがあの聳え立つクソみたいなラブホテルそっくりのビル、あ、政治経済学部の校舎のことやねんけど、そこに通って得た知見がそれか。日本一周もしてへんくせに国境越えて自分探しすな。鏡見ろ。おまえが地平線の向こう側から飛んできて世界各地の名所で自撮りを始めたら世界中の人間が迷惑するやろが。消費者根性丸出しのおまえはできれば楽して若くして金欲しい、ついでにモテたいヤリまくりたい、タワマンで乱交でもしてみたいしか考えられてへんねん。じゃあ訊いたるけどおまえが毎晩文化祭前日みたいなことして文化祭なんかそもそも行きたくなかった奴の気持ちはどないなんねん。仮に文化祭前日みたいな日々になったとして、世界をどうしたいねん。どう良くなるねん。おまえがそこ行くことによって世界が、てか俺が得られる利益はなんやねん。万が一にもおまえみたいな志がある奴が業界にたくさんおるなら電車の広告があんな不快で退屈で詰まらんままの説明がつかへんやろ。どこかで誰かが誰かのせいでなんとなく妥協しとるからこの世全体に、なんとなく面白そうでなんとなく詰まらんものが仰山溢れ返っとるねん、猫も杓子もアイドルかその辺のちょっとした男やら女やら使い倒してハイ次ハイ次を繰り返して、そこにはもうなんの真実もペンペン草も生えへんねん。もちろんそれはおまえのせいじゃないけどそれだけ現実は厳しいってことや。文化祭なんかとっくの昔に終わっとんねん、夢みるのも大概にせえドアホ、今はただ後の祭りやろが。今はな、みんな知りたいもんは自分のスマホで調べて、欲しいもんの理想形はインスタでチェックして、リアルなイメージはメルカリで確認してから、現物を買うやろ。つまりおまえのやりたいことが普通の人の生活に好意的に迎え入れられる余地は存在しないねん。広告なんてな、調べものしてたら意味わからんとこに出てきてタップさせられかけるエロ漫画の広告か、YouTube見ようとしたら出てくるスキップできへん十五秒のイメージしかないねん。いずれは絶対滅びる。つまり嫌われ者で無駄、百害あって一利なしの不要悪。市場に真っ先に淘汰(とうた)されて消えてなくなって然るべきやねん。一瞬で消えるものは箸にも棒にもかからんまま一瞬で消える。新聞も広告も彫刻師も銀行の融資担当もテレビもラジオも百年後には滅びる。いや、どのジャンルでも一人くらいは生き残るかもしれへんな。新聞王とか広告王とか彫刻王とかな。でも裁判官ですら類似の事例と事例判断を何万と詰め込んだ人工知能に替えられる可能性もあんねん。他人の思いを他人にちゃんと伝えるなら雨の日でもバイク走らせる郵便屋さんかピザ屋の彼女の方が遥かに尊いわ」

——何度か間違って舌を嚙みそうになる。

佐藤が何か反駁らしい反駁を口にしようとしたが、店員が空いたグラスに水を注ぎに来て、私たちは同時に口を噤んだ。束の間「愛は直接伝えるべきだ」という、いつうだろうか。

愛のことなど分からない私は今、悪意と骨でできていた。

悪意もまた直接伝えるべきなのだ。

電子煙草に火をつけ、煙を吐いた佐藤の口元は少しだけ震え、そうして綺麗に歪んでいた。こいつが何を言っても、私は即座に否定する準備があった。おそらく四月の時から、ずっと。否定の根源は、私が私に対して毎日振り下ろしていた否定だ。それは先輩さえ否定しかねないものだった。だが今、私の口から淀みなく滑り出た否定は、私による佐藤への否定でも先輩への否定でもなく、東京タワーによる私への不断の否定であるように思われた。佐藤は両目をぎゅっと瞑ったり、見開いたりしながら、ううん、うん、せやな、うん、わかるで、と呟いた後、かろうじてこう反駁した。

「……でもな、たぶん俺らが普段やってることは、れっきとした広告やねん。呟いたり写真載せたりして私はこうです、こんな人間ですって言って、好きなものは好き、嫌いなものは嫌いって言って、みんなから愛されたいもんやん。でもな、それが今度企業になると、中には、こんなこと言わんでもええやん、こんなもん見せなくてもええやん、そのかわり、こう言えばもっといいですよね、こうやったらもっと美しいですよ、もっと得する人いるよって言ってあげたくなる企業もおるやん。応援したくなる人もおんねん。不器用な人は、どんだけ時代が変わろうが、ずっと消えへんし、困ったまんまやねん。助けなあかんねん。アンパンマンを描いた人もな、腹が減ってる人たちにパンをあげる以上に正しいことはないって言ってたけどうまいことといかへん人にうまいことといくように助けるのは、俺は絶対に正しいことやと思う」

「せやからそれ早よてめえ一人でやらんのか言うとんやろが」

「……うん、わかってる、わかってる。そんでな、ほんまに良いもんは、つまらんもんが百やら千やら一万とある中で、その中でたった一つしかなくても、俺はそのたった一つを作りたいと思ってるねん。俺は、いや、わからん、わからんけど、でもそれを作れると思う、そうしたかったことさえ忘れなければ。その時は、それをおまえに見せたいわ。それを見せて、泣かしたいわ。まだ直接話せたことはないけど、現場の人もみんなそう思ってると思うねん。嫌いにさせてごめんな、面白くなくてごめんな、でもこんなんと違うねん、こんなことがやりたいんとちゃうねん、まだまだやりたいことがあんねん、だから待っててな、待っててくれって叫び声を俺は街中の広告から感じるねん」

佐藤は、私に許されたい時だけ関西弁を用いるのかもしれない。

鉄塔に想念を張り巡らせていた私にはもう、佐藤の断末魔は街の一つの騒音でしかない。

「セックスだけしとったらおまえのいうような世界は永遠に訪れへんからな。綺麗事言うな、あとおまえ、ほんまに自分が言いたいことの合間合間に有名人の言葉を入れるの、ええ加減にやめろ。他人の広告すな、自分の広告をまずしろや」

「わかってる、わかってる、わかってるねんけどな」

浅黒い肌に、目に見えて蒼色(あお)のようなものが差し始めるのを私は見て、私はこの佐藤が敵ではないことに気づいた。敵にさえならないと悟った。

佐藤がきっといつまでも気づくことのできないことが一つだけある――それは、何に勝ったとしても勝ったことにはならないということだ。どれだけ愛されるための戦いに身を置こうが何も変わらないということだ。私はそれに気づいている。が、どうすればいいか分からない。佐藤はそれに気づいていない。死ぬまで気づかないだろう。つまり、佐藤も私も同じなのだ。

どこに行っても、何をしても同じなら、私が望むことはたった一つだ。

誰も見たことのないものが見たい。知らないものが知りたい。

そして、それは見た以上、知った以上、私のいる世界を木端微塵に破壊せねばならない。

服を買いに行く服がない、金を稼ぐための金がない、という事態が存在するように、知らないことを知るには、全く知らない方法が必要だ。その全く知らない方法に、人は既知の手段で到達することはできない。知らないことを知る方法はもしかしたら存在しないのかもしれない。佐藤の目にも私の目にもきっと何を検索しても、他者の評価、数字、そうでなければ「この商品を購入した方は、この商品も購入しました」といったサジェスト機能、アルゴリズムの呪縛……つまり私の視力を弱め、世界を狭めるレンズが網膜にへばりついている。

——誰も見たことのないもの、その色、形、香り。それは私も佐藤も大学も社会も世界も平等に破壊する、つまりこの東京を一瞬で砂漠に戻す、完璧な終わりでなければならない。その光景を手に入れるためには、やはり見たことのない飛躍が、あるいは落下が必要に違いない。

その夜、黒服は、戦争を開始した。

第十一章　七号館のテロリスト

数百メートル先の鯛焼き屋にもこの『ワルキューレの騎行』の爆音は聴こえたに違いない。

「死んだらどう埋葬されたいんだ」と黒服が叫ぶ。

「宇宙葬されて流れ星になりたい」と私も叫び返す。

「星にも屑にもなれないけど星屑にはなれる」

「でも宇宙ゴミになる可能性だってあるらしいぞ」

黒服が手持ちのリモコンのボタンを押す。すると、この壮大な音楽を壮大すぎるボリュームで流していたスピーカーは、ドローンによって持ち上げられ、私たちのいた七号館の屋上、その地面から一センチほど宙へと浮き始めた。

「その時は衛星という衛星に激突して、地球上に前代未聞の通信障害を起こしてやる」

私の返答が黒服に聞こえていたのかどうか分からない。

破滅的なボリュームに設定していたおかげで、存在自体が音響兵器と化したBOSE製のこのスピーカーは、高度維持機能付・自動ホバリング機能付の高性能ドローンにワイヤーで括り付けられており、ドローンの離陸に従って、地上から完全に宙空へと吊り上げられた。

この自家製飛行型音響兵器が目指す先は、今まさにＴＯＥＩＣ試験が実施されている大学構内で千名前後の受験生がリーディング試験の問題用紙を開き始めた、その教室の窓辺である。

「もし流れ星になれたとして、墜落したい場所はあるのか」と黒服が訊ねる。

「汐留の巨大ビル。もしくはＳＮＳの運用会社が入ったビル」と私は答えた。

「俺なら昭和基地」と黒服は答えた。

「時速数百キロでオーロラとオーロラの間を通過したら、どうなるのか知りたいんだ」

黒服もまた、男の姿をした乙女だった。だが、大抵の男は、男の姿をした乙女である。

念のため断っておきたい。別に今日行われていた試験が英検だろうが漢検だろうが公認会計士試験、司法試験、あるいはセンター試験であろうが私たちは同じことをした。偶然その日、大学で行われていた試験がＴＯＥＩＣだったのだ。そしてもう一つ断っておきたい。

これは、私たちの愛の物語である。

黒服は私にウインクを送った。私は黙って頷いた。

ドローンは厳粛な速度を保ちながら、私たちがいる七号館の屋上を離れ、目的地へとまっすぐに降り立って行く。「マリアに受胎告知を告げる天使ガブリエルのようだ」と黒服はその後ろ姿に向けて言った。確かに、その後ろ姿はもはや決然として美しい。

あと数秒もすれば教室の窓ガラスは、ワルキューレのサビで小刻みに震え出す。

大塚愛のさくらんぼでもなく、美しく青きドナウでもベートーヴェンの第九でもなく、カラヤン指揮のワルキューレを選んで正解だった。スピーカーの重量のせいでふらりふらりと左右に揺れるドローンさえ、もう私たちを不安にさせない。予行演習は何度も行っていた。逃走経路もすでに調べ尽くしていた。校舎の屋上の監視カメラも事前に破壊し終えていた。

全受験生のリーディングテストはじきに完璧に妨害される。

異常事態を受け、試験も中止となるに違いない。

あと数秒もすれば、教室から地上へと飛び出してきた試験監督の責任者が私たちのドローンを無様に見上げることになる。

残り十五分。

ドローンのバッテリーが持つ時間だ。

そして力尽きたドローンは大学創設者の銅像の頭上に墜落させ、私たちは撤収する。

「空を飛ばされるスピーカーなんて、スピーカーの運命として切な過ぎる」と黒服は言った。

キャンパス上空を、運命が巨大な蜻蛉のように縦横無尽に駆け巡っている。

振り返れば、事のすべての発端は、数日前のブロッコリーにあった。

都庁前で佐藤と喧嘩別れした夕、廃墟に寄ると『地獄の黙示録』の絶叫鑑賞会を終えたばかりの常連と猫が暗闇の中で私を出迎えてくれた。煙草の煙が充満した室内を見渡せば、どう運ばれてきたのか分からないヘルメスやブルータスの首像・鹿の首の剝製・ブランキやマラルメの全集・再生機もないのにスカパラや小島麻由美やEGO-WRAPPIN'のベスト盤・マシュマロが撃てるバズーカやらティファールなどが、開かずの金庫やテーブルの上に乱雑に置かれている。もはやここでなんとか暮らせるレベルだ。黒服はといえば一番奥の窓辺で自分のブーツにモゥブレィのクリームを塗り込み、馬毛ブラシで磨いている。「次はソフィア・コッポラの『ロスト・イン・トランスレーション』にしないか」と私は黒服に提案した。「それもいいな」と黒服は頷く。カルカンの缶を平らげた猫が拡声器の先端を齧り始め、別の常連が「あ」と小さく叫んだ。

実を言えば、佐藤との一件のせいか、その日の私はもう映画を見たい気分ではなかった。

暗澹とした面持ちの私を盗み見て、黒服は常連を帰した後、何かあったのかと訊ねてきた。なんでもないと私は首を振り、戸山公園で七輪焼きと花火でもしようぜと切り出す。いいねと黒服は頷き、そのまま二人でここから徒歩数分のドン・キホーテへと食糧調達に向かったのである。ドン・キホーテのテーマが眩しく鳴り響く、冷房の効きすぎた食材コーナーで、そうして私たちが目にしたのは、賞味期限切れが近いブロッコリーの山だった。

「あぁ」といきなり黒服が寂しそうな溜息を吐く。

過去ブロッコリーに親兄弟でも殺されたのかと私が首を傾げてると、黒服は言った。

「俺たちは花火より七輪焼きよりやらなければいけないことがある」

黒服は、やる、と言ったら、必ずやる男だった。

その夜、黒服はブロッコリーを十数個買い物カゴに叩き込んで、店を出、明治通りを北上、早稲田通りを右折、真夜中の大学キャンパスに塀を飛び越えて忍び込み、駐輪場に停められていた自転車という自転車のサドルというサドルを引っこ抜き、そこにブロッコリーを突き刺した。私は訳も分からず黒服の行為を見守った。最後に余ったブロッコリーは舞台博物館の隣に佇む滝沢馬琴(たきざわばきん)像の右手に黒服が握らせた。この自転車サドルブロッコリー差し替え事件は自転車の持ち主である被害者が発見すると同時にツイッターに写真付きで投稿され、私たちの想像を絶するバズを起こし、Yahoo!ニュースやLINEニュースに取り上げられ、冗談の分かる人間からは

「もっとやれ」「かわいい」「なぜか涙が出てきました」と激励をされ、良識派を気取る人間からは「大学の知性の下落を象徴する誠に忌むべき最低な出来事」「五十年前にも見たことあるぞ」「このカスをさっさと特定して器物損壊で即刻断罪すべき」といった大変貴重な御意見が出たが、いずれの賛否もその夜、私たちにはどうでもよかった。自転車のサドルはその夜、サドルであることを黒服に許されずブロッコリーにされるしかなかったのだ。

「滝沢馬琴に握り締められることになるブロッコリーはブロッコリーの運命として凄まじい」と愚にもつかない感想を黒服が零した時、私はどんな台詞も口にすることができたはずだが、奇しくも私が彼に掛けた台詞は、悪戯推進派と弾圧派の賛否を一つに凝縮した台詞だった。

即ち「最低だな、もっとやろう」そう黒服に私は言った。

こんなのじゃまだまだ足りない。もっとやるべきだよ、と。

翌日の夜、大学構内に放置されていたボロボロのママチャリにカラースプレーを吹き掛け、全パーツをヴィヴィッド・ピンク色へと私たちは染め上げた。翌々日の朝はパソコン室に侵入しキーボードのCとXの位置をこっそり入れ替えた。さらにその夜、学生課の掲示板に貼られた休講情報の紙を剝がし、偽の休講情報をふんだんに混ぜ込んだ紙を私たちは新たに貼り付けた。大学創設者の銅像に卑猥なコスプレをさせる黒服の案は私が却下した。というのもKT大学の学生が自分の大学の銅像に散々同類の悪戯を仕掛けていたし、我が校の銅像がそのようにして学生諸君から愛されることになれば、我々の当初の目標には到底到達できないからだ。

その翌々翌日である土曜の朝。

私たちはこうして七号館の屋上にいた。

残り十分。

キャンパスの路上で私たちのドローンを見上げる試験監督が、携帯電話に向かって何か大声で叫んでいる。おそらく試験本部に、この異常事態を報告しているのだろう。それか警察か。

残り九分。

「これが終わったら、ごんべえでカツ丼でも食わないか」と黒服は言った。

残り八分。

おそらく今後の試験監督マニュアルには「もしも屋外からドローンが飛んできたら」という一文が追加されるに違いない。あるいは「もしも屋外からワルキューレの騎行が爆音で聞こえてきたら、すぐに試験監督本部に連絡してください」……でも、連絡してどうなる？

残り七分。

私たちは日本語で思考し、日本語で憎悪し、日本語で愛を叫び、日本語でその愛を裏切る。

残り六分。

私の前期成績通知表に最悪な記号が首を揃えて並んでいるのを見た母は「おまえはどうして大学に行かないの」と私にＬＩＮＥで訊ねた。その返事はまだしていない。私が十歳の時、サンタクロースが最後にクリスマスに私にくれたものは、有斐閣の六法全書だった。もちろん六法全書も大学も母も、私の人生に最終的な責任を取ってくれない。法律には「これはやるな」と書いていない。その代わり「これをやったら痛い目に遭いますよ」と書かれている。

私の人生に責任を取ってくれない者どもの言うことを聴いて、一体何の価値がある？

残り五分。

ドローンを気まぐれに飛ばせば、監督と警官がピクミンのようにその下を付いてくる。でもそのドローンの先に、私たちはいない。私たちが見る先は、まだ誰も見たことのない場所だ。

残り四分。

なにが受験だ。なにが大学だ。なにが就職偏差値だ。なにが年収だ。なにが美醜だ。年間数万人が死亡するような国際戦争は現在存在しない。しかしこの国では年間二万人が自殺を選ぶ。果たして、この国には戦争はないと言えるか。受験戦争、就職戦争、恋愛戦争、失恋戦争、婚活戦争、育児戦争、社内戦争、夫婦戦争、不倫戦争、終活戦争。これに数日前、私と黒服の極私的戦争が追加された。戦争が嫌ならスイスに移住するのも一手だ。スイスの核シェルター普及率は一〇〇パーセント、一方日本は〇・〇二パーセント。核シェルターの欠陥品を売ってもクレームは来ない。欠陥が発覚する時、購入者はもうこの世にいないからだ。

ここは新宿だ。最低な人間が一堂に会する場所だ。

残り三分。

廃墟の猫に、名前はない。常連は白猫のことをただ「猫ちゃん」と呼んだ。

残り二分。

真昼の教室をテロリストが襲ってくる空想は小学生か中学生までの特権だ。私たちが空想し、そして実行すべきなのは「襲われる私」ではなく、「襲う私」である。

残り一分。

銅像の頭上で、ドローンにホバリングを開始させた。

試験監督と警官の老若男女が、為す術もなく地上から運命を見上げている。

残り三十秒。

私たちは七号館を出た。庭園の方へと逃げた。そうして講堂前へと辿り着いた時には、爆音のヮルキューレはもう鳴り止み、大学の周りには再び静寂が訪れていた。

結果から言おう。

この奇襲作戦は、成功したとも失敗したとも言えなかった。

試験の妨害には我々は間違いなく成功した。しかし試験の中止には至らなかったのだ。

もしドローンがあと一時間長く飛んでくれれば中止にできたかもしれない。あるいは試験会場の随所に、遠隔操作できるオーディオを無作為に忍ばせ、同時多発でヮルキューレさせれば確実に中止に追い込めたのかもしれない。しかし、その物量作戦を実行するには人員も日数も足りなかった。

さらに嘆かわしいことに、試験が妨害された事実は全く大学から外部に公表されることはなかった。つまり、あのドローンの存在は、最初から、存在しなかったことにされたのである。

この時代、どこでどんな事件が発生しようが誰かがその事件の模様を手持ちのカメラで仔細に撮影し、状況証拠は自然と残るものである。だが今日、空飛ぶスピーカーは何人もの目撃者を残したのに、その目撃者である受験生は試験の真最中であり、誰一人としてその事態を撮影できなかった。つまり一切の証拠は残らなかったのである。よって、事件も事実も、なかったことにされた。この計画の余波をツイッターで検索しても「なんか試験中さ外が騒がしくて、びっくりしたけど、試験自体は余裕だったよ、いえい」「今日って大学ってなんかパレードとかあったんだっけ」「試験監督、超テンパッっててワロタ、てかこれから新宿行くんだけど、新宿いる人いたらお茶しませんか」といった無害極まるツイートが転がるばかりで、私たちの愛なんぞ誰にも受け取られてはいなかったのである。

所詮誰からも褒められない行為だったとしても、この悪結果に私は確かに苛立った。

「あぁ、ダメだ。ダメ、全然ダメだ。なんにも潰せなかった。こんな、こんなことってあるか。こんな屈辱があるか。もうこいつらは爆破でも誘拐でも拷問でもするしかない」

老舗ごんべえで、私はカツ丼に手をつけるのも忘れて、携帯と箸を机に投げ捨てた。

黒服は、何も言わない。

このままだと何にも変わらない、こいつらこのままくだらねえ社会を再生産するだけだぞ、と私が捲し立てる間にも、カツ丼の隣にあったうどんはどんどん伸びてしまう。

黒服は水を一杯飲んで、言った。

「愛は直接伝えるべきだな」

「何か考えでもあるのか」

「行動したら、失敗するものだ。でも行動し続けなければ、何もないままだ。この戦略がダメなら、別の戦略に切り替えるまでだ。俺たちに不可能などない」

うどんのスープをぺろりと飲み干した黒服は、笑いながら言った。

「これから大学を、地獄にしてやる。おまえはこれでも読んで頭に叩き込んでおけ」

そう言って、黒服は、鞄の中から分厚い書類の束を取り出し、私の目の前に置いた。

第十二章

真夜中乙女戦争開始宣言

「ねえ、なんか悲しい話してよ」

面白い話をしろ、の次は、悲しい話をしろ、だった。

「悲しい話してって時点で、もうそれは悲しい話ですよ」

「いいから、早く」

先輩からのＬＩＮＥは久しぶりだった。

「YouTubeで、アライグマ　わたあめ、で検索してください。悲しみとは何か分かります」

「……」

「……」

「見た。この子、君と似てるね」

「どこがです」

「どことなく」

悲しい話なら幾らでも心当たりがある。

無人島合宿はどうでしたか、とまで打って消し、夏は楽しかったですか、と打っては消す。彼女がこの夏、いつどこで何を撮ったかは知っている。そして彼女にとってのその日の最高の瞬間、私が彼女の隣にいることはこれまでもこれからも、きっと、ない。

何を訊いても私は彼女の夏の一片も手に入れられない。八月はもう終わり掛けていた。

「最近忙しいの?」

大学一年生である私が、忙しい筈がない。忙しいだなんて間抜けの言う台詞だ。が、確かに忙しいか忙しくないかで言えば、ずっと私は何かに忙殺されていた。

ドローンを飛ばしても何の成果も得られないことが分かった黒服と私は、それでも廃墟での映画鑑賞会を続けた。あの日からすべては、計画のための計画になった。

やがて私たちも常連も映画鑑賞に着実に飽き始めていた。

だが、何かに飽きるとは、その何かから自由になれる、ということでもあろう。

私たちはもう、いかなる物語の主人公の架空のハッピーエンドにもバッドエンドにも、失望していた。映画館は家なき子の家であると同時に、現実から自分が少しの間死ぬことを許されている場所だ。それでも現実はカーテンを開けばすぐそこで暴力的な光を放っている。色んな作品に泣かされ笑わされ強くもさせられ弱くもさせられた。それでも映画は、その一夜の気分を変えても、私たちの人生を根本的に一つも変えはしなかった。今思えば映画の可能性に失望し切るため、映画を見続けていたのかもしれない。

私たちはもう、現実にも嘘にも飽きていた。

映画鑑賞から一度遠ざかることにした。それでも私たちも常連も廃墟に集まり続け、今度はお気に入りの詩集や歌集句集や小説や思想書を持ち寄り、読書会なるものを開いた。同じ本を一冊読めば孤独は紛れる。少しだけ同じになれる。だが、これも同じことだった。何十何百冊と同じ本を読んだとしても、その一冊は、ただ一つの現実の恥や失敗、一つの冒険や、挑戦、闘争には勝らない。私たちは結局、本に喩(たと)えるならば、落丁と誤謬(ごびゅう)だらけで、一級品にも三級品にもなれないまま道端に打ち捨てられた、誰かに拾われる希望もなく踏み躙(にじ)られる不運にも焼却処分にされる幸運にも恵まれる予定のない、無意味な紙屑だった。

本当は誰もが自分の人生の本番を待ち望んでいたはずだ。

この本が好きだと言いながら、浴びるほどウイスキーを飲んでは頭を揺らしながら、堅あげポテトをつまんだ手をデニムで拭きながら、ポルノを見て自慰行為をしながら、人生の本番の到来、それだけを待ち望んでいた。取り返しのつかない夜、選択、天命のようなもの、今すぐにでも取り掛かるべき大事業のようなもの、その到来を今か今かと待ち望んでいた。

もちろん黒服は、そのことに気づいていない筈がなかった。

「僕は毎日毎晩、死ぬほど暇ですが、でも、僕の内側は死ぬほど忙しいんです」と先輩に送る。

暫く返事が途絶えたかと思えば、先輩はこう返した。

「でも生きてるなら、それでよしとしてあげるよ」

嘘だ。生きてるだけなら本当にそれでいいのだろうか。

毎晩死んだように生きていたとしても。

幾夜と同じ夜を過ごす内、廃墟に集まる者同士、秘密という秘密はなくなっていた。

……ある夜の、こんな挿話が思い出される。

廃墟のベランダで夜風に当たりながら、常連たちと一緒にすき焼きを作って食べていた時のことだ。その夜、初めて参加した客の青年がすき焼きに〆のうどんを入れながら、半年続けた牛丼屋でのバイトをいい加減辞めるべきかどうか迷っていると切り出した。辞めたいならすぐに辞めたらいいのになぜ辞めないかと他の常連が問いただすと、自分がいないと店が回らないくらい人手が足りない上、学費を稼ぐにはこのバイトを続けるしかないからと本人が説明する。店長は普段は優しいが怒ると暴言マシーンになるとも付け加えた。牛丼屋より効率よく稼げるバイトは幾らでもあるぞと私が言おうとすると、黒服が先に彼に訥々と語った。

「人手が足りないと店長が言うなら、そもそも時給を五千円に上げるべきなんだ。五千円に上げられないならさっさとその店も会社も潰れるべきだ。ましてや暴言を浴びせて他人を奴隷のように扱う奴の下からは真っ先に逃げていい。どうせ十年後関わっていないような奴の相手を今する暇も義理もおまえにない。おまえがやっていることはあえて地獄に行って、ここはなんて地獄なのかしらと嘆いているようなもんだ。だから逃げろ。遠慮なく逃げろ。火でも放って逃げろ」

そういう黒服はどんなに仕事が忙しかろうが絶対に忙しいと言わなかった。暇ではない癖にいつも暇そうにしていた。だから、彼の周りにはいつも集まる人が途絶えなかった。読書会など何もなくても、廃墟に客が集まるのは、黒服と話したいからだった。

結局青年は火を放たなかったが、翌日には牛丼屋を辞めて、この廃墟の常連となった。

彼が次のバイトを見つけるまで、より稼ぎやすい仕事を、黒服を介して別の常連が紹介することになった。

また、別の夜。

廃墟の屋上で常連とトランプに興じていると、港区の方角から天地が割れんばかりの爆発音が轟き、視界が一瞬真っ白になった。常連も私もトランプを握り締めて絶句したままでいるとまた空に閃光が走り、爆発音が鳴った。隣区で八月最後の花火大会が行われていたのである。行われると知らなかった花火大会の花火を偶然認めた時の、この引きちぎられるような無力感の正体とはなんだろう。夏の終わりは毎回途方に暮れるのはなぜか、といきなり常連が口にした些末な疑問に対して、春夏秋冬の中で夏だけが理想的な過ごし方や、ジブリ風の風物詩やノスタルジーが溢れ返っていて、それを是非とも味わうべく夏を過ごさなければいけない世間的な外圧と内圧とが知らぬ間に俺たちを縛り付けているからではないか、との仮説を別の常連が披露し、常連全員を煙に巻くように納得させていると、銀行勤務一年目にして月の残業時間が過労死ラインの三倍を超え、土日出勤、おまけに最近それが原因で恋人に振られた常連が、軽いあくびをした後「こう過ごすのが理想だ、というのは夏だけではないのかもしれない」と横槍を入れた。どういうことだと他の常連が首を捻るのをみて、両目の赤い銀行員は続けた。

「死ぬ気で働いて分かったことがある。人間いつかは死ぬ。しかも、その死ぬ日がいつになるか分からない。それがこの世で一番最悪なことなんだよ」と。「幾ら広い家を手に入れたってどうせ最後は棺桶だ。タグ・ホイヤーを買ったってスマホで時間は分かる。ジョンロブを買っても満たされない。ハリー・ウィンストンやらシャネルなんて女に買ったって自己満足に過ぎない。どんなブランドも所詮、鉄、革、繊維、布だ。筋トレしたって最後は人間、骨になる。上等なものを食べようが最後は下水だ。なんのために生きているんだろうなと思う。でも花火だけは綺麗だよね。不思議だ」と彼は続けた。就活浪人二年目にして何の努力もせず無職街道を驀進(ばくしん)していた常連の馬鹿が「タグ・ホイヤーって芸人でしたっけ。ジョンロブって誰のことですか」と口にしたが誰もそれに答えないでいると、その馬鹿は「働いてもそうなっちゃうものなんですか」と露骨な疑問を口にした。私もそう思った。別の馬鹿が「でもそう思えるってことはもう自分のためだけに生きていく段階が終わったってことだから立派なことじゃないか」とまともなように見えて頓珍漢(とんちんかん)な相槌を打った。黒服は舌打ちして煙草に火をつける。誰もその慰めに賛同することはなかった。

花火が終わった港区の向こう側には、紺色の静謐が拡がっていた。

たとえどんなに一緒にいようが、私たちは一人きりだったのかもしれない。

それでも黒服は、計画のための計画を忘れることはなかった。

本当に行き詰まった人間に対してできることは、黙ってそいつの話を聴いてやるか、まとまった金を貸してやるか、その状況を打破できる人間を紹介してやるか、その三つしかない。そして黒服はそのすべてが完璧にできた。仕事を首になったが転職できず、どうしても金を貸して欲しいという常連が出てきた時は、そいつが欲しい金の三倍の額を黒服は渡し、借用書も書かせなかった。大学を中退して食い扶持がない奴には、仕事の一部を任せてやることもあった。虐待が理由で家出し、親を刺し殺したいと泣きながら話す高校生の話を、一晩中聴いてやることもあった。何年も売れていない芸人がその時偶然居合わせて、精一杯面白い話を聞かせてくれた時はなぜだかその高校生も黒服も常連も声をあげて泣いた。面白い話をしたつもりなのにどうして泣くんだ、と芸人は愚痴を零した。違う。面白い話は時に何よりも悲しい話なのだ。

黒服は全員を助けようとした。時には常連の力も借りて。

そして何の見返りも求めなかった。少なくとも、助けられた側はそう思っていただろう。

常連は、黒服への忠誠を誓った。

同士の獲得。

それが、計画のための計画その一だった。すべては黒服の計画通りだった。

預金も学歴も職歴もフォロワーの数もその他数字も、目に見えるものなんてのは何も意味もないんだぜ、と黒服は出会ったあの夜、私に言った。「目の前の相手に何をしたか、何をしようとしたか、結果、何ができたか。それだけがすべてなんだ」と。

真夜中の先輩とのＬＩＮＥは続く。都会の蟬はほとんど死んだが、私たちはまだ生きていた。

「くるりのばらの花って聴いたことある？」

私たちのあてどもない会話。思い出したかのように始まる、どうでもいい会話。

それをすべて書き起こせば、いつか全集ができたかもしれない。

でも私はもうその一部しか思い出せない。

「ありますよ」

「聴いたことあるか訊かれるまで、聴いたことあるって言ったことある？」

「ないです」

「でしょ」

「どういうことですか」

「たぶんこの世には、同じものを好きでも、ずっと互いにそのことを知らないまま別れてしまう人たちがいるんだよ」

私たちはきっと、ただ寂しかったんだと思う。

「だから会話で確かめるしかないんでしょうね」

「でも相手のすべてはいつまで経っても確かめられないし、分からないんだよ、きっと」

「好きな季節はなんですか」「嫌いな季節と嫌いになった理由を教えてください」「やっぱり自分の生まれ月は嫌いになれない人なんですか」「雨はお好きですか」「雨の日に聴く曲はなんですか」「ミントアイスはお好きですか」「カラオケで歌えないくらい好きな曲ってなんですか」「猫派ですか犬派ですか」「猫を飼うなら名前は何にしますか」「どうして紺色の猫はいないんだと思いますか」「夜の路上で齧り付きたいフルーツってなんですか、僕は桃」「どんな些細なことも宇宙が念のため記憶しておいてくれたらいいのにってたまに思いませんか」「小学生の時ってどんな人でしたか」「人混みに一人で入る時ってたまに泣きそうになりませんか、寂しいから怖いからとかじゃなくて」「初恋っていつでしたか」「東京はお好きですか」「これまで何人の男を振りましたか」「女は革命の為に生きてるって本当ですか」「これまでで一番悲しかったことってなんですか」「ずっと前に持ってた携帯って捨てましたか」「眠るのがたまに怖くなりませんか」「どんな服を着てる男が嫌いですか」「学生生活で最後にやり残したことってありますか」「元恋人のこと死ねばいいって思ったりする人ですか、それとも幸せとか祈れるタイプの人ですか」「どうして別れたんですか」「誕生日占いって信じますか」「唐揚げに檸檬なんて掛けませんよね」「今何してるんですか」「僕の何が面白いと思ったんですか」「これまでやった一番悪いことを教えてください」「夜は何をする人ですか」「真夜中三時にタクシーに乗れたとして、どこまでぶっ飛ばしてもらいたいですか」

「図書館に人がいないなら大学なんて消えてしまえばよくないですか」「もしいきなり目の前に顔が完全にタイプな人が現れたとして、その人の性格を確かめるために、たった三つしか質問できないとしたら、最初にどんな質問をしますか」「悪ってなんだと思いますか」「人は自分と同じようなものしか嫌えないって本当だと思いますか」「何をやっても何かの焼き回しになるなら、原典を焼けばいいんでしょうか」「悪趣味なアイフォンケースしてる人って憎めなくないですか」「好きな人に好きって言えたら携帯電話要らないですよね」「やっぱり歳上の男の人がお好きな人なんですか」「煙草の銘柄を新しく一つだけ作れるとしたらその箱はどんな名前にしますか」「深夜バスに乗ってもう二度と降りないだろうなってサービスエリアで見た景色ってどうしてあんなに眩しいのでしょうか」「切ないと寂しいと悲しいって、どう違うと思いますか、辞書は見ないでください」「全部自分一人でやる人って他人のことが信じられないからそうなったんだと思うと愛おしくないですか」「もしかして誰にでも優しいタイプの人ですか」「勉強部屋って名前のラブホがあるって聞いたんですけど、人類自体が愛おしくなりませんか」「石器時代に生まれてたら何してましたか」「本棚の一番上の列の一番左にある本ってなんですか」「帰省しないんですか、したくないんですか」「共感って気持ち悪くないですか」「これまで人に勧めたことのないやつを一つだけ僕に勧めてください」「他人の邪魔ばかりする人ってどう思いますか」「香水を作る人の地獄ってなんだと思いますか」

悲しい話をされたら、悲しい話をするのが、私の知っている愛というものだった。

「同じ青色を僕らが見られることは永久にないことについてどう思いますか」

先輩の返信が少し途絶える。私は言葉を続けた。

「同じ青色を見ても、それが水色っぽい青って思う人もいれば、黒っぽい青、藍色、いや紺色だ、って言う人もいるじゃないですか。同じ夜でもそうですけど。同じものを見てても、全然違うものを見てて、その違いはずっと違ったまま、くたばると思うと、やるせないというか、うまく言えないですけど」

寂しい、と言って欲しかった。君のいない夏は退屈だった、と言って欲しかった。楽しい話を楽しげに彼女が画面越しに語る時も、ずっと。

「でもさ、その青を、私たちが同じように綺麗だと思うことってあるじゃない。その夜が最高だったとか、最低だったとか、楽しかった切なかったとかさ。永遠にはなれないことは永遠だし、同じにはなれないことは同じ。それだけでいいんじゃないの。それ以上のなにを望むの」

「でも」

私は先輩になりたかったのだと思う。それか、いっそ黒服になりたかった。そして先輩にも黒服にもなれないことが、私の輪郭だった。限界だった。あるいは、孤独だったのだ。

「欲張りなんでしょうかね、子供っぽいでしょうか、こういうことを考えるのって」

先輩からの返信はまたも途絶える。私もこんなことを言われたら返す言葉が浮かばない。

黒服は、どんな悩みにも即答した。断言した。弾丸のように、なに一つ迷いがなかった。

「好きな人と過ごすためにこれから週に五日、月何百、年何万時間も働くじゃないですか。別に好きでもない人と。あるいは好きでもないことで。ただ好きな人と暮らすためだけに。それを避けるにはなるべく好きやと思えるようなことを仕事にするとか、そもそも好きなことしか仕事にせえへんとか、そういうのでなんとか和解できますよね。でも、好きな人と同じものを見ることが永久にありえない問題だけは、僕は和解できそうもないんです」

東京タワーを見なくて済むのは、東京タワーの中だけなのだと思う。

「可愛いね」と先輩が返してきた。

「どこが」

「可愛いと思うよ」

「可愛いって男に言うのは反則です」

「美しいと思う」

「からかってますよね」

「カラカラ」

「もういいです」

「うん、可愛くないし、美しくないけど、私は君のこと、少し好きだよ」

黒服が私に渡した紙の束は、計画書だった。

短期計画表・中期計画表・長期計画表、夥しい数の教授の氏名と住所、メールアドレス。そして最後に、民間企業のリスト。

「ねえ、あたしとの約束覚えてる？」

「何のことですか」

「君に会いたい」

先輩は眩しい。

私が言えないような台詞を簡単に言ってしまう。私ができないことも簡単に彼女はやってのけてしまうように。だからきっと、いつか彼女と別れてしまう時は、彼女から別れを切り出すに違いないとこの時、私は確信した。初めまして、を言うのが怖くない人は、さようなら、と言うのもきっと怖くない。私はきっと、そのどちらもできない。そのふたつの台詞の間でどこにも行けないまきっと終わってしまう。

いつか別れてしまうのに、どうして私たちは会い続けようとするのだろう。

で。

「会って、どうしますか。何がしたいですか。どこに行きたいですか」

まだ私は彼女に一度も触れていない。身体にも、そしてたぶん、心にも。私のせいで。

「会いたいのに理由なんているの？」

そうだった。私たちには何の理由も要らなかった。

それはまさに、黒服が戦争を始めた時のように。

「どこにも行けなくてもいいから、会おうよ」

廃墟にやってくる相談者は大抵自分の話の最後に「こんなどうしようもない話を皆様に聴いていただいても、だからどうなるだなんて思ってはいないんですけどでも誰にも話せなくて。話したかっただけなのかもしれません。聴いてもらいたかっただけなのかもしれません」と申し訳なさそうに付け加えた。私はその度、先輩を思い出した。あるいは先輩の朧げな輪郭を。

黒服は、その夜新しい客を帰して常連だけを残し、こう言った。

「何を見ても、何を読んでも、何を聴いても、どこに行っても満たされない時、俺たちがすべきことは、たった一つだ」

黒服がやろうとしていることを私はすべて知っていた。

「俺はおまえら全員に訊きたい。果たして俺らにクソみたいな大学は必要か？　週五日勤務、残業、満員電車は必要か？　どこに行ったってクソはクソだ。子供を産みたいと思うか？　こんなクソみたいな目に遭っているのに？　丁寧な暮らしでもして憂さ晴らしするか？　それかネットフリックスでも見て、連ドラの愚痴でも言って不貞寝でもするか？　それにも飽きたら婚活か？　終活か？　そんなものにしがみつく奴らが維持する世界は俺らに必要か？　必要だと思う奴がここには一人もいないことを俺は知っている。だが、結果はどうだ。俺たちはそんな場所から爪弾きされて、こんな掃き溜めみたいな街の掃き溜めみたいな一角で、肩身を寄せ合って暇潰しするしかない。退屈しのぎにくだらねえSNSに精でも出して、くだらねえ人生を充実させるか？　仮想通貨で一発逆転でも狙うか？　もうこんなのは全部うんざりだと思わないか？」

盗まれたバイクは今頃持ち主の元に帰っている。私が盗まれた心は、もう二度と帰らない。

「映画館は、今日で閉館する。俺たちはここを出て、俺たちの映画を撮ろう。脚本はもうすでに俺の方で考えてある」

彼の手には、かつて彼が私に手渡した紙の束があった。

「ストーリーは単純だ。邦画史上最悪の復讐劇だ」

常連たちは、黙って頷いた。

金庫の上で眠っていた猫が、大きなあくびを一つしたが、再び眠りに落ちた。
東京タワーからの幻聴は、もう私には聴こえなくなっていた。
そして世界は確実に終わっていく。

もう二度と後戻りできない、という感覚に陥った時だけ、生きている
という実感が得られる。 20XX/08/31/04:58 RT:0 LOVE:0

第十三章　ヴィヴィッド・ピンクの悪意と愛を込めて

眠い時は寝る。寂しい時は甘える。一日に一回、いや二回三回は悪いことをする。気になったものには光の速さで飛びつく。暇な時は自分の身体を点検する。一人でも堂々と遊ぶ。そして何より、気に入らないものは壊す。そんな、生き物として基本的だが、基本的過ぎて忘れがちなことを目の前で淡々とやってくれるのが猫と暮らす最大の効用かもしれない。黒服が広辞苑のページで作った紙巻煙草を数千本灰にし、常連たちが数百本のストロングゼロと百本前後のウィスキーボトルを空にし、酔い潰れた彼らが寝てる間に彼らの私物を数十点も猫が破壊し終えた時には、八月も九月も終わっていた。

秋。

すべて朽ち果てる。

夏が嫌いな人間は往々にして秋を愛する。私たちの季節だ。

金木犀の香りと一緒に十月がやってきて、大学は後期が始まり、私はと言えばフレンチブルドッグみたいな面をした学科長の教授から直々に教授室に呼び出され、どうでもいい尋問を受けていた。

「大学は楽しいかな？」

よっこいしょと私の目の前に腰掛けた教授が、世間話のように切り出す。壁一面に英米文学と英米文化史に纏わる高額そうな専門書が並び、その背表紙にも壁紙にも、珈琲の香りとブルドッグの体臭が染みついている。教授は本に救われても、そのどの一冊も私を救うことはないだろう。私が座ったプラスチックの椅子が華奢な菓子のように軋む。それ以上の脆さで午下りの日差しが窓の外から差し込んでいた。

「楽しくしようという努力はしているつもりです」

百年後にはきっと、楽しいか、楽しくないか、それだけが呟かれ、それだけが正義になる。

そういえば半年前にも私は母に同じことを訊かれた。その半年後である今、母は私に「こんなに成績が悪いなら、中退して、もう自衛隊に入るか防衛大学に行きなさい」と電話で言う。軍隊に入らなくても、私たちはいずれ私設の軍隊を作らなければならない。そして私にはもうその必要はなかった。

「君の成績を見させてもらった。後期もこのままだと、留年が確定するよ、君は」

それも四月の時点で知っている。

学科長が成績不良で私を呼び出したのではないことも私は知っていた。留年も中退も掃いて捨てるほど発生するこの大学で、わざわざ怠学の注意をするような教授がどこにいるだろう。かつて一度も不良な成績を取ったことがない私は、今確実にこの大人から、勉強ができない子として扱われていた。そうだ、私は勉強ができない。でも知っていることは山ほどある。

さっさと用件を切り出せばいいのに、肥満体のこの腑抜けは、本題を丁寧に避けていた。

「君の噂はシェイクスピア講読の先生からも聞いていた。彼女のことは知ってるよね」

忘れもしない。あのミス・ユニバース野郎のことだ。どうせ碌な噂ではないだろう。

「彼女も君のことを心配していたよ」

むしろ私は彼女やブルドッグの身の安全の方が心配だった。

黒服は昨日「ラブ・ストーリーは突然に作戦」を展開した。教授Aの名前を偽りラブレターを書き、それを封筒に入れて教授Bの教授室に放り込む。そして教授Bの名義で、教授Cにラブレターを届ける。常連たちにも手分けさせ、計五百通分のラブレターをある教授名義で別の教授に送った。

好きでもない相手にいきなり好意を示されるほど気色悪いことはあるまい。これで独身教授にも人生の運命的な転機が訪れるに違いない、と黒服は言った。これだけに飽き足らず特定の教授のメールアドレスを使い、マイナビ・パレスチナ解放人民戦線・イスラーム聖戦・KKK、その他百十の各国過激団体に入会希望の申し込みを済ませた。嫌がらせの王道だ。

三日前に展開された「愛液作戦」は、余りにもシンプルで何のウィットにも富んでいない。大講義室の黒板の表面と学部棟の一階にあるレポート提出箱の中を、ラブ・ローションまみれにして使用不能にする、ウェットには富んだ作戦だ。「聳え立つ悪意作戦」もシンプルだ。セクハラとパワハラの疑いがある教授を対象に、歌舞伎町のアダルトグッズ専門店で購入したディルドを、彼らの教授室の扉に瞬間接着剤で突き立てた。十月中旬に誕生日を迎える学長にはピザとデリヘルを延々と配達する。ピザが勿体無いなら砂一トンでも良いかもしれない。大学創設者の銅像はやはりヴィヴィッド・ピンクに染め上げた方が良いかもしれない。

「実は通報があったんだ。何の件か、君に心当たりはあるかな」と学科長は言う。もし私が自殺すれば、あのミス・ユニバースは「真面目な子だったのに」「あの時もっと話を聞いてあげればよかった」「心配してたのに」とハンカチを取り出して嘘っぽく泣いてみせるだろう。死にたくても死んではいけない理由は明確だ。もし死ねば、よく分からない奴らがよく分からない理由で死後、同情を示してくるからだ。たとえ私が明後日丸の内で辻斬りをしたとしても、ミヤネ屋の宮根に自分の犯意を代弁されたくはない。

私には心当たりしかない。そうならないようにしていたのに右瞼と顳顬が少し痙攣する。

「いいえ、何の件か想像もつきません」

私たちは攻撃リストを共有していた。それは毎夜0時に更新され、常連全員にメールで配信される。誰をどう攻撃すべきか、常連各自が持ち寄った案が次々に実行され、成功事例と失敗事例とが毎晩共有された。反省点はすぐに次に活かされる。努力に甘えるな、とは黒服の言葉だ。まさに恐怖のＰＤＣＡだ。

「君の友達も君のことを心配してたよ」

先ほどからの学科長の発言が何一つ私の意志を揺らがせないのが私には滑稽だったが、この時私は、初めて動揺した。なぜなら私に友達はいないからだ。知り合いはいても友達は一人もいないはずだ。外部通報者だろうか。もし内部通報者、つまり常連に裏切り者がいたなら考えものだ。今夜にも早速内ゲバになる。それはそれで楽しいかもしれない。

だが、それは絶対にありえない。

黒服は常連の誰からも愛され、敬われ、守られていた。

「本当に、何のことか分かりません。詳しくお話しいただけませんか」

学科長曰く、学生掲示板に貼られたビラが一人の学生によって剝がされていると通報の学生から苦情があった。極めて不当な行為であるから厳正に処罰して欲しいと通報があったらしい。誰がそんな仕様もないことをするんだと思えば確かに私が先々月にしていたことだ。でも、どうしてこのタイミングでそれが発覚したのだろうか。しかも「その件だけ」が。

「通報者は君がやったと言う。それで、やったのは君かい？　正直に答えなさい」

私たちの攻撃目標は教授だけに収まらなかった。大学のすべてが対象だった。

学生会館の中に百とある、サークル室の各部屋の郵便受けにも「ラブ・ストーリーは突然に作戦」は実行されることになる。もちろん、それだけでは何も変わらないので大学総長の名義を拝借し、全サークル宛てに勝手に解散命令を通知する予定だ。教授と学生との間に、徹底的に不信感を根付かせれば大学の自壊は早い。私の知らない間に、宇宙と交信できるあの男女の姿も黒服を崇拝する常連の中にあった。紺色のブラウスに白のスカートを合わせる女もいた。彼女は茶髪ではなく金髪だった。明後日には理工キャンパスの喫煙所の灰皿が理工学部の常連によって真っ黒に燃やされることになる。来月の学園祭で『W大に進学すべきではない101の理由』というパンフレットを無償で配布する計画は現在進行形だ。常連の一人だった、炒飯さえまともに作れない奴は、その制作のために奮起して一からフォトショップやイラストレーターを習得し、デザインに無類の才能を発揮した。ライター志望だった別の常連は目を輝かせて101の理由を書き上げ、別の常連の印刷会社社員がその印刷を喜んで請け負った。頒布は宇宙交信男女が請け負う。

黒服はきっとこの全過程を一人でやることもできた。しかし、あえてそれを彼らに任せた。

別の常連が「K大バージョンも作りたい」と提案したが黒服は却下した。「K大の場合は『K大に進学すべき101の理由』を作って卒業生に売り飛ばした方が売れる。奴らは愛校心の塊だからな。その売り上げでK大にも支部を作れる」という考えからだ。事実、数が倍加しつつあった常連の中には、山手線の内側にあるほとんどの大学の学生が最低一人以上いた。

私たちの叡智（えいち）とリソースは、余りにも無駄に活かされ始めていた。真夜中にしか人が集まらなかったあの廃墟は、昼も夜も稼働した。

残念ながら、合格体験記より不合格体験記の方が百倍役に立つ。

そして不合格体験記より、合格不合格など超えた価値観の方が百万倍役に立つ。

「私には友達なんていません。サークルも行ってません。バイトは続けています。一人きりの学生生活で、楽しいことがあるかと言われれば、ほとんどありません」

痛み始めた虫歯は金具を使って自分で抜いた。脱脂綿を強く噛めば歯茎の血は止まる。その歯茎に新たにできた腫瘍は図工用鋏（はさみ）で切除した。歯医者に行く金はもちろん、今や歯医者に行く時間さえ勿体無い。この時間もだ。私は相変わらず貧しいままだ。だがもう貧しさによって自分を卑下することはなかった。かといって、楽観に溺い。

学科長が何をどこまで知っているか分からない。知っていても、きっと理解できない。

「私もそう思うが、通報があったんだ。火のないところに、煙は立たない」

「大学には何とか通えています。そんな私がそんなことをして何の得があるんですか」

教授が私の目の奥を覗き込む。無意味を覗き込む時、無意味もまたおまえを覗き込む。

れていた訳でもない。

花火が私たちに無力感を与えるのは、私たちもまた花火のような存在だったのだと、その散り際に知るからだ。パッと上がって、たった三万日経てば何事もなかったかのように消える。真っ赤に燃え上がり、真っ青に散る、怒り、哀しみ。青色だけの花火が上がる花火大会がもし存在したとして、その観客は正気を保てるだろうか。私たちには、なすべきことがある。

「もしそれが私の仕業ではなかったなら、どう責任を取るおつもりですか」

表参道と青山のショーウィンドウは一つ残らず叩き割ってやる。代官山全域を限界集落にしてやる。代々木公園も燃やしてやる。戦車が輸入できたらいいのに。明治通りのコンクリートは全部逆剝けにしてやる。渋谷全域の治安を世界最悪の紛争地域並みにしてやる。

きっとその世界は、今の私の世界より、ずっと美しい。

「だからそれを確かめるために、ここに君を呼んだんだよ」

全部私がやりました。そう言いたくなる。全部私がやりました。今すぐ私を助けて欲しい。

だがそもそも私がこうなったのは全部こいつらが発端だ。私の青春の一秒一秒は、百億円をもらったって取り戻せない。何もかも諦めた奴が何もかも諦めろと言う。苦しめられた奴はおまえも苦しめと言う。誰がそんな奴の言うことを聞くものか。私は私しか救えない。

「やってもないことをやったことにされるのは心外です。悪魔の証明と同じじゃないですか。やったことは証明できても、やってないことの証明はできない。なぜなら、やっていないからです。第一、そんな時間も余裕も私にはありません。私だって少しの鬱憤はあります。だからって他の学生のビラを捨てて何になりますか。どうにもならないじゃないですか。今頃それをやった張本人はどこかでほくそ笑んでるかと思うと虫酸が走ります。私がやったという通報があれば学科長は信じるのですか。それが当大学の碩学であらせられる教授のご判断ですか」

完璧なタイミングで私の涙腺から水が溢れてきた。黒服も先輩もこれだけはできまい。私は薄汚れたことなら何だってできる。どこまでも卑屈。劣等感の塊。それが私の天賦の才能だ。

「いや、今日は君の話を聴きたいと思って」と学科長が言葉を濁し始める。

「では、本当の犯人を見つけてください。すぐに」

「とりあえず一度こちらでも調べ直すことにする」

調べても無駄だ。私たちの情報統制は完璧だった。私たちの計画に名前はあっても、私たちの名前は単なる記号や数字でしかない。誰もこの計画について外部に情報公開をしていない。学生証はちょうど常連の数だけ黒服によって偽造されていた。そして本物の学生証や身分証を携行することは断じて禁じられていた。私たちは同じ猫のポラロイド写真の携帯を命じられた。それが私たちの第二の身分証であり、廃墟へのパスポートとなっていた。

「早くなさってください。私も何か怪しい人物を見たら、すぐに報告しますから」

ついでに黒服や常連の指紋を硝酸ナトリウムで焼いておいた方がいいのかもしれない。でも黒服の両手両足の指紋や口腔（こうこう）粘膜の細胞が、警察のデータベースにすでに登録されていても今や何の不思議もない。誰の過去も、どうでもいい。なすべき未来が、私たちの名刺だ。

やれやれ、最近の学生は、と溜息を吐く学科長の部屋を出て、マックシェイクのバニラでも飲もうかな、と思いながら廊下に出る。スキップしたい気分だ。

が、そこに佐藤がいた。

久しぶり、と不敵に彼は笑う。

なるほど。全部、こいつの仕業だったのだ。

一瞬にして私の喉奥に込み上げた憎悪は、しかし驚くべきことに、すぐさま憐憫のようなものへと変わった。というのも彼はこれまでもこれからも果たすべき使命はなく、私の恫喝にその仕様もない希望の活路、つまり絶望的な活路を見出し、その恫喝においてすら成功することもなく貴重な十代を終える。その無様に私は一瞥をくれ、憐れむ他なかったからだ。佐藤は私の表情が一つも変わらないのを認めたくなかったのか、このような無為な自己弁疏を続けた。

「おまえの様子が最近おかしいと思ったから、調べたんだ。おまえの学科に、俺の知り合いは何人もいるから。俺の電話をなんで無視するんだよ。ビラを剝がすだのなんだの、おまえいつからそんな奇行に走ったんだ。やばいなら、病院にでも行け。心配してたんだぞ」

一番最初の計画だけが、佐藤にバレていた。つまり佐藤は、何も知らないも同然だった。

佐藤が唇の端を歪ませて私の後ろを付いて来る。その声は、学生らしい、落伍者への好奇で一杯のようだった。でも今、彼の相手をするより、私にはやるべきことは山ほどある。

「最近の変な事件も、全部おまえがやってるんだろ。なあ、友達だろ。隠し事すんなよ」

ちょうど花火が目の前に上がったかのように、一瞬私の眼前は真っ白になった。佐藤が踊り場に降り立った瞬間、私は佐藤の胸倉を摑み、学生掲示板へと叩きつけていた。偶然通り掛かった女学生が小さな悲鳴を上げ、私はそれに驚き、そして私自身に驚き、その手を慌てて離した。こんな人間に邪魔されてはいけない。こんな所で邪魔されるわけにはいかない。すぐに冷静を取り戻した。そうだ。私たちの邪魔をする者がこんなにも身近に現れ始めたことは、憂うべき危機ではなく、最高の好機ではないか。この時、嫌がらせを司る神から啓示を受けるようにして偶然私に舞い降りたアイデアは、余りにも残虐非道だったと言えようか。皺になったTシャツを自らの手で元に戻した佐藤は、やはり突然の出来事に絶句していたが、私の顔に滲んだ色が何色か判別できなかったのか、すぐさま歪んだ笑いを唇に浮かべた。しかし私はもう何も怖くない。

そのまま階段を下りると、踊り場に立ち尽くしたまま佐藤は何も声を掛けてこなかった。

佐藤が退学願を出したのは、それから五日後の話だ。

第十四章　狂

別れを告げる側と告げられる側が、互いを理解できる日は永久に来ない。ポルノを作る側とポルノで抜く側がもし互いを深く理解し合っていたら不潔だ。男と女も互いを理解できない。いや、これだって正確ではない。そもそも一人の人間と一人の人間は、理解し合えないのだ。だから犯し合う。傷つけ合う。愛する側と愛される側が互いを理解できる日も永久に来ない。何でも理解できると言い張る奴がいたとしたなら、それは黒服か、あるいは、大馬鹿野郎だ。それでも私たちは満身創痍で愛を直接本人に伝える必要がある。なぜなら愛する人は、気づけば目の前から消え去ってしまうからだ。

さようならと言い合って別れるほど、私たちの人生はロマンチックではない。

佐藤は一体自分の身に何が起こったか最後まで理解できなかったに違いない。気づけば学部長から退学勧告を受け、気づけばインターン先からの内定を白紙撤回され、気づけばバイト先も首になり、気づけば自分のペニスが大写しとなった写真を知人全員が持っていた。

佐藤の希望は一瞬にして絶たれたが、その一瞬のために捧げられた常連たちの日夜の情熱もまた凄絶なものがあった。この世で最も恐ろしいのは、何の意味もなく憎まれることである。

黒服が宣言した通り、十月からの大学はまさに地獄と化した。

誰が喫煙所に火を放ち、誰が講義棟の廊下という廊下にワックスを塗ったまま放置し、誰が銅像をヴィヴィッド・ピンク色に染め上げたか。教授陣のみならず、愛校心溢れる学生の間でも一連の犯人を特定しようと躍起になる者が現れた。当たり前だ。教室の椅子に座れば尻に画鋲(がびょう)が突き刺さるし、偽の休講メールが毎日のように届くし、徹夜で仕上げたレポートが何者かによって引き裂かれたなら誰だってそうする。私も怒り狂っただろう。そうして彼らはついに、復讐すべき加害者を特定した。学内掲示板にあったビラをすべて引き剝がし、学生会館の扉の錠穴にリカちゃん人形を突き刺して使用不能とし、僅(わず)かに使用可能だったW大の黒板に「K大学最高」とペンキで殴り書きした犯人。それが佐藤だったのである。あろうことか佐藤は、自らの悪戯の記録をすべて写真付きでインスタグラムに掲載していた。三枚に一枚は自分の下半身の写真も掲載している。おまけにすべての写真にちょっとだけ出来の良い短歌が添えられていた。この下半身野郎は異常者に違いあるまい。この歌人を血祭りにせよ。二度と下半身も上半身も陽の目を見られないようにせよ。

読者諸賢はご存知の通り、もちろん犯人は佐藤ではない。

「人間は信じたいと思うものを信じるようにできている。そうしないと生きていけないからな。真理なんてどうだっていいんだ。誰にどう思わせたか。それだけしか重要視されない世界は、一旦潰した方が良い」と黒服は言った。

そして佐藤は終わった。木端微塵に。

下半身の写真のオリジナルは、佐藤に捨てられた広告研究会の女が持っていた。紺色のブラウスの女だ。執念深い常連の中で、敵に回すと最も恐ろしいのが、この女だったと言える。この女にも覚悟があった。何もかも敵に回す覚悟が。

この騒ぎに乗じ、下半身の写真を顔写真欄に貼りつけた佐藤の履歴書は念のため佐藤が志望していた一流企業にも匿名で送りつけられた。佐藤に手を差し伸べようとする人間は一人も現れなかった。飛び火や貰い事故を食らうのを恐れたためである。稀代の嫌がらせ犯である佐藤に取材を試みようとする週刊誌やバイラルメディアの存在も私たちは確認した。まるで死体に群がるハイエナだ。極一部の良識ある学生は「これは単独犯であるはずがない。それにこんなに分かりやすい証拠を残す筈がない」と推測したが、そんな懐疑論や擁護論は掻き消された。それでも僕はやっていない、と佐藤は叫べた筈だったが、殺害予告が五秒に一回殺到し、下宿先のポストに毎日ディーゼルの下着が届けられる中で自らの潔白を論理的に証明しようとする根気など、並大抵の精神力がなければ維持できない。「やっていないことは証明できない」のは先ほど私が説明した通りである。ところで、黒服の民間企業攻撃リストの冒頭には、週刊誌の発行会社とその記者も含まれていた。不倫の報道が鬱陶しい、それだけの理由からだった。

佐藤はその後ひっそりと実家に帰ったと、風の噂で聞いた。

しかし本当は佐藤がどうなったのか、私はすぐに知ることとなる。

教授への嫌がらせは日々取り返しがつかないほどエスカレートした。大学総長は「教授同士で恋文を送るのを強く禁ずる」「私名義でサークルに解散命令を文書で通知することはない」「私名義でピザの注文やデリバリーヘルスの派遣を要請することはない」という意味不明な声明を関係各所に発表したが、それは何の抑止効果もなかったし、そもそも誰も総長のことなど気にかけていなかった。毎朝毎昼毎晩、脅迫状と怪文書が宙を飛び交い、着火されていない火炎瓶が忽然と誰もいない教室の教壇に置かれ、黒板にはナイフが突き立てられ、複合的な悪意は重層的な嵐となり、雷となり、結果的に私たちは身の危険を感じた総勢百数十名の教授、その講義の無期限自主休講に成功した。その中にはもちろんミス・ユニバースも入っている。だんだんと偽の休講だけでなく、本当に休講となる講義が増えていくキャンパスで、段ボール箱を抱えてキャンパスを静かに後にする彼女の姿を私は見た。願いは口に出したら叶う、と宇宙交信男女は言った。どいつもこいつも秋は狂っていた。

教授の追放作戦は、しかし序の口に過ぎなかった。やがて作戦は自学の学生への嫌がらせから他学の学生への嫌がらせへと移行したのである。

諸大学の大学創設者の銅像という銅像はヴィヴィッド・ピンク色に染め上げられた。もうどこの大学の学生掲示板にも表現の自由は存在しない。変わったサークルでくすぶっていた人間は一人一人私たちが口説きに行き、実質的な吸収合併を繰り返していった。それでも生き残っている強大なサークルがあれば、肉体関係マップがサークルクラッシュ実行部隊によって制作・印刷・頒布され、必要とあれば駄目押しでリベンジポルノが展開された。就活生の内定は勝手に辞退され、あるいは勝手に人事担当者名義で取り消された。もし大学生としての安全な生活というものがメルカリで売られていたならきっと誰もが高値で買ったことだろう。図書館にあったモネとマネの画集の表紙は入れ替えられるついでに、図書館のゲートも破壊された。大学の各講義棟の壁には莫大な数の電波妨害装置が埋め込まれた。私はこの過程で、恋愛禁止だったはずのかつてのサークルでディルドが一年生の女学生と乱れた性関係を結んでいると知ったが、発覚後速やかに紺色のブラウスによってディルドが地獄行きとなったことは言うまでもない。どの嫌がらせも、氷山の一角だった。

唯一その身が安全だったのは、家の中で引きこもっていた大学生くらいだろう。

私たちは曜日も忘れて計画を進めた。気づけば十二月も後半になっていた。

ニュースキャスターは一連の事件をオウム事件の再来か、それとも数十年ぶりの学生運動の再来かと報道した。こんなことをして何の意味があるんだとコメンテーターは言った。学生は黙って勉強しろと別のコメンテーターは加えた。仰る通りだ。私たちの悪行は憶測に憶測を呼び、批判に批判を呼んだ。私たちはもちろん一切の声明を出さなかった。なぜなら今更世間の評判なんてどうでも良かったからだ。人は名前もなく、理由もないものを、一番恐れる。

池袋の大学では、朝から正門で学生の荷物検査が警備員によって行われるようになった。

目標は必ず到達する。邪魔が現れれば即刻排除する。味方になる者はもちろん歓迎した。

どちらでもない人間は黙って指を咥（くわ）えて見ていろ。なんて威勢良く言ったはいいが、ついには威力業務妨害の嫌疑で警察が動き始めていることを私はニュースアプリで知った。

黒服は廃墟のビルの一階から四階の全室の壁をぶち抜き、作戦本部とし、太り始めた猫のためのキャットタワーが常連によって新しく設置された。この廃墟で一番偉いのがこの猫だ。壁一面に貼られた、都内の拡大地図・誰かの顔写真・どこかの団体の人間関係図。公文書を偽造している常連の横では、仮想通貨取引所を攻撃するためのプログラムを開発する常連が黙々と作業をしている。誰が見たってここはもう不穏な組織の拠点である。黒服がいない日でも毎晩新しい作戦が常連の合議の下で採用、実行された。数十名近くいた常連は百人を優に超え始めた。そればかりではない。他大にも支部が作られ、その代表がここに視察兼合宿に来ることもあった。新入りは決められた映画の鑑賞と読書会への参加、絶対に滅ぼしたい物の宣誓、そしてその実行が義務とされた。

廃墟はそれでも整然としていたのに、その一階には、電飾付きのクリスマスツリーが数十個所狭しと並んでいた。「これはなんなんだ」と私が近くにいた常連に訊ねると、「クリスマスが嫌いなのか」と黒服が私を遮った。

黒服は言った。

上野にある大学では上野動物園の動物解放作戦が企画されたが、おまえはどう思うか、と。港区をライオンが散歩していたら可愛い、と私は言った。美術館に精巧な贋作を紛れ込ませる作戦は進行中だ、と黒服は言った。いつのまにか美大にも支部ができたらしい。京都の大学ではおまえが望んだ通り、永遠に生きる猫を創造する研究が水面下で進められている。大阪の大学では、年末起こす暴動の攻撃対象を選定している。青山の大学では結婚式に元カノやセフレの振りをして式の進行を妨害する有望な奴が現れた。三田の大学では東京タワーとスカイツリーを同時に倒壊させるための作戦が企画されている、と。

だからクリスマスまでは何があっても捕まるなよ、と黒服は常連全員に告げた。

「待て。どうして東京タワーが攻撃されるんだ」

全身から血の気が引いていく気がした。

「なんだ。東京タワーが好きなのか」

「どうして東京タワーをそいつらは攻撃するのかと訊いているんだ」

黒服はそのビー玉のような目をまん丸にして、私を見詰めていた。

「そんなにあれが好きなのか。ただの鉄の塊だろ」

「質問に答えろ。知っているんだろ」

常連も猫も、憔悴した私を見ている。

「さては何か思い出があるな」

先輩からは毎日のように連絡が来ていたが、まだ私たちは会えていなかった。仮に会えたとして、私から話せるような出来事はもはやなかったからだ。何日も会わなければどんな人間だって他人になる。しかし毎日のように会っていても他人のままな人間だっている。

この黒服でさえ、すべての作戦の指揮を統括していない可能性があることに私は気づいた。

「決行か、中止か、おまえが早く決めろ。このまま行けば金閣寺は朱雀町の大学にいる奴らにもう一度燃やされる。あの鉄塔もな。世界史や日本史の教科書は来年改訂されることになる。清水寺にバンジージャンプ台が設置されるのも時間の問題だ。年内にディズニーランドは確実に閉園に追い込む。キャストにも俺たちの仲間を送り込んでおいた。新しいポップコーンの味を出す予定だ。まあどうなるかはお楽しみだ。予定は変わってもいい。予定通りほど最悪なことはないからな」

この世で一番不味いポップコーンは何味だろう、と思わず考えた。

金閣寺がどうなろうがディズニーランドが破綻しようが、私にはどうでもいい。

黒服はこの時だけ、私に耳打ちした。

東京タワーが消えたらきっとこいつらは俺がいなくても自分たちだけでやっていける、と。

どうして、と訊ねようとしたが、それも黒服の声に掻き消された。

「そして俺たちはもう一度石器時代に帰る。東京の夜空に満天の星を取り戻す」

なんということだろう。常連の目が輝き始めた。

「そして新しい国を作るんだ」

常連の中には、私が知っている顔も知らない顔もあった。知りすぎている顔もあった。

佐藤が、その中にいたのだ。

あとはよろしく、と黒服が常連の肩に手を置き、机の上にあった東京都内の地図、その上で眠っていた猫を、よおしよおし、と呟きながら抱きかかえて、別室に向かった。地図の上にはバツ印が細かくある。黒服と話したいことは山ほどあったが、今それどころではない。

「おまえ、ここで何してるんだ」

私は佐藤の肘を摑んで、廃墟の外に連れ出した。痛い痛いという普段通りの佐藤の声に思いの外、安心してしまった。冬の路上に佐藤を投げ飛ばす。佐藤は相変わらず黙ったままだ。

夜の歌舞伎町では、老いすぎた男と若すぎる女が酔っ払った顔でホテルを目指している。

「てめえ、ここに何しに来た。なんとか言え」

佐藤は、胸ポケットから猫のポラロイドを取り出して言った。

「作戦会議をしていました。育英会と奨学金破産をどうするか、という会議です」

突っ込みどころが多すぎて、どこから突っ込んでいいのか分からない。

「ふざけるのもいい加減にしろ。どうなってんだよ。あとタメ語で話せ。気色悪い」

佐藤の顔にはもうあの卑屈さが消えていた。自分の寿命が急速に縮んでいく気がした。

「そもそも色々大丈夫だったのか」と私が言ってはならない台詞を私は言った。

「大丈夫なんてどころじゃなかった」

そりゃそうだ。佐藤は生きているが、社会的生命を永久に絶たれたのだ。

私が次の言葉をどう続けるべきか考えていると、佐藤は語った。

「ここが俺の人生を最悪にしたことは知ってるよ。でも一度人生を潰されておかげで分かったんだ。友達も目標も全部失って、どん底を見て分かった。俺が欲しかったのは自由だったんだよ。大企業の椅子でも何でもない。今の俺は、何にも囚われていない。自由だ。あの人は俺の家にまで来て、おまえはここで終わるべきじゃない、と言ってくれた。そんなことを言ってくれたのはあの人だけだったんだ。あの人は俺を目覚めさせたんだ。だから俺は他の人も目覚めさせなければいけないんだ。俺がすべき仕事は、これだ。頼む。俺の邪魔をしないでくれ」

もちろん、あの人とは黒服のことだ。佐藤はすたすたと廃墟の中に戻っていく。

思わず両手で顔を覆った。何もかもいかにも黒服がやりそうなことだった。クズを安く買って高く売るように、どん底にいたクズを集めて、心酔させ、自分の思い通りに動く軍隊にしてしまう。しかもその軍隊の兵は、一人一人自律して動くこともできる。

携帯が鳴った。毎晩0時、攻撃すべき人間・場所のリストが更新され配信されてくる。

誰が誰を愛し、誰が誰に愛されず、誰が誰に内定を出し、誰が何を憎んでいるか。そのすべてがこのリストに集約され、優先順位の高い報復から常連たちは順に実行していた。

そしてリストを見た私は、もっと最悪なことに気づく。

Ｔｏ Ｄｏの上位に「大手出版社に内定した四年の女の内定取消工作」とある。

さらにその女の所属を見ると、「かくれんぼ同好会」とあった。

第十五章

「愛していない、愛していない、愛していない」

酔った振りをすべきか、酔っていない振りをすべきか、分からなくなる夜がある。

その夜、先輩の様子は明らかに違った。

「あたしの夢はね、あたしの夢は、死ぬほど面白い本を作ることなんだ。一冊、いや二冊、いや我儘を言えば三冊くらい、そんな本が作りたい。面白いにも二種類ある。より多くの人に面白いと思ってもらえるか、それか、自分一人にとって絶対面白いか。理想はどっちもなんだよ。どっちも満たせられたら最高なんだ。でもさ、結局、会ったことのない人がなにを面白いと思うかなんて、絶対あたしには分からない。だから、最後は結局、自分が面白いと心底感じるものを作るしかないんだ。それか誰か一人が心底良いって思ってくれるようなものを作るしかない。人生最悪なことばっかだったけど、この本が一冊ある、そんな世界に生きててよかったって思ってくれたら最高だよね、まだ生きてようかなって思ってくれたら最高だよね。死にたい死にたいって思いながら図書館で本を手に取るような子に、そう思わせるのが夢なの。つまりあたしがしたいことって、爆弾を作ることなんだ。退屈な世界を自分が作った爆弾で、爆破したいんだ。本屋に檸檬を置いた主人公の小説は君も知ってるでしょ。あたしも最高の爆弾を作りたい。それを手にした前と後じゃ、世界がまるで変わっちゃうものを作りたい。読むだけじゃ足りないんだ。感想を言い合うだけじゃ足りなかったんだ。君はいつか全部滅びるって思ってるよね。そりゃ滅びるよ、全部。本も会社も君もあたしもみんな滅びるだろうよ。無意味だろうよ。でも、いつまでも滅びないものがある。あたしはそれを作ることに賭けたの。たとえ、オッサンが馬鹿だろうがみんな自分の話を聴いてほしいだけだろうが、どんなに流行り廃りがあろうが、あたしはそれに賭けたんだ。賭けた以上、引き下がれないんだ。みんな何かに全生命を賭けてる。賭けなきゃいけないものがある。君は、何に賭けたの。今夜、何に賭けるの」

HUBでピンク色に光るタランチュラや、緑色に光る天国の階段をするすると飲んで、うわ、不味い、あ、でも、あ、美味しくなってきたかも、いや、あはは、酔ってきた、あたしはもうね、完全に酔ってきた、と言いながら先輩は信じられないような度数の酒を、信じられない速度で飲み干し、そして唐突にこのような夢を語った。それにも飽きると今度は満足げにテーブルに頬杖をついて他の客を半笑いで睨みつけたり、私の胸ポケットから煙草をもぎ取り、口に咥えてそれに火をつけ、ごほごほ咳き込んで、また、ははは と乾いた笑いを浮かべた。

「先輩、なにかあったでしょ」

「君こそ何かあったんでしょ」

あの夜、私は常連に言って、攻撃リストから先輩と思しき名前を削除させ、先輩と会う約束を取り付けた。君から会いたいだなんて珍しいよね、と先輩は柄になく驚いていた。

リストのあの名前が先輩の本名だと私は未だに信じられない。何者かから先輩が恨みを買っていることも信じられなかった。常連は言った。攻撃リストは毎日更新されているんです、と。だから一度削除しても再び蘇る可能性があります。だったら私が毎日でも削除してやる。

「君も飲みなよ、今夜は飲むしかないよ、もう」

「サークルでなにかあったんですか」

「なんにもないよ」

「いつもこんな速度で飲むんですか」

「ううん、今日はね。心配は要らん。金の心配も要らん。君も飲みなさい」

「なにかおめでたいことがあったと思うことにしますね」

そうでも思わないと吐きそうになるくらい、彼女は上機嫌で、私は不安だった。

「酔ってないなら、飲んでない。飲んでないなら、飲む」

こんな寝惚(ねぼ)けたことを普段言う人ではないはずだ。もし飲めない人間に無理やり飲ませようとする輩(やから)がいたら、その酒が勿体無いから私にその杯を寄越せと彼女は憤る人間である。

でもその夜は違った。

「なんか最近世の中すごい物騒になってるよね」

ツイッターを開きながら彼女は言う。私は暫くニュースを見ていない。

朝と昼と夕と夜、何が報道されるか漠然と知っているからだ。

「物なんか壊したってなんにもならないのに。一生懸命生きてる人を、誰が馬鹿にできるの」

……私は何も告白しないことを選んだ。いや、正確には、告白の覚悟が全くできなかった。

もっと飲みましょう、君が潰れるところが見たい、と言い出した彼女は、店を出た後渋谷の八月の鯨に移動し、スピリタスをショットで三杯、ゴッドファーザーを五杯、さらにブルームーンやXYZ、再びスピリタスを連続で二杯飲み干した。先輩はへらへらと笑うばかりで、全く潰れる気配がない。私はトイレですでに二度吐いていた。だんだんアルコールが回り、地球の地軸が傾き始める。周りの喧騒は遠くなり、壁の時計には目の焦点が合わなくなったところで、マスターに二人分のチェイサーを頼んだ。水で胃を洗えば少し酔いは醒めたが、それでもアルコールは身体の中で暴れ始め、頸動脈が激しく脈打つ。「あっ、お手洗い！」と先輩は叫んで席を立ったかと思えば、「てかさ、ねえ、トイレに飾ってあったポスターの名言みたいなのが超面白くてさ」とはしゃぎながら席に帰ってきて、どんな言葉だったんですかと訊くと「ええと、あれ、なんて書いてたんだっけ、あ、やば、忘れちゃった」と自分で言って自分で笑った。それに突っ込む気力ももう私にはなかった。

カウンターの席から転げ落ちそうになるのをなんとか堪えていると先輩は言った。

「これからどうするって言う女が嫌いだって、君、言ってたよね」

「言ってません。でも拡大解釈されたらそういうことになります」

「クラブに行こう」

「クラブ？」

「とにかく今日はさ、あたしがバカにしてたことを全部、やってみたいんだよ、君と」

彼女はジョー マローンのボトルを取り出し、首に一吹きして、よし、と言った。

何かあったに違いない。もうそれは明白だ。でもどうやらそれは常連によるものではない。

きっとクラブのような場所には常連もサークルの会員もいないだろうと踏んだ上で、行きましょうと私は言った。

バーを出た後、先輩は私の手を取り、東京ブギウギや銀座のカンカン娘やお祭りマンボなどを歌詞付きででたらめにサビだけ歌い始め、文化村通りを北上し、そんな昭和歌謡の歌詞なんぞ詳しくない私は、私の腕をブンブン振り回す先輩に黙って付いていくしかなかった。

渋谷のWOMB前に辿り着いた彼女は、いや、やっぱりなんか緊張するな、クラブというものは、なんだか恐ろしいな、と稲川淳二の口調で独り言し、「なんかおなかすいた。カップヌードル買って路上で食べて、気合い入れてから行こう」と一旦セブンーイレブンまで戻って、熱々のカップヌードルをするする啜り、なんか楽しいね、なんかワクワクするね、これぞ夜は短し踊れよ乙女という奴だねと私に微笑んだ。さっぱり意味が分からない。カップヌードルしか食べていない話をかつて先輩にした時、先輩は「宇宙飛行士みたいでウケる」と言ってくれたのを思い出していた。私は宇宙飛行士を目指していればよかったのかもしれない。

もしかしたら、と思う。

先輩は女に嫌われるような女なのかもしれない。でも彼女のどこをどう嫌えばいいのだろう。先輩を潰したい女がいたとして、私はそいつと分かり合える気がしなかった。

カップヌードルを啜っている時も、あのリストのことがずっと私の頭にあった。

再びクラブの入り口に戻って、身分証明書を取り出そうとして財布を落とすという行為を私たちは五回繰り返し、黒人のセキュリティを潜った。オールドコーチのバッグと上着をロッカーにぶち込んだ先輩は、カウンターでウオッカのショットを一杯頼み、それを私に見せつけるかのように飲み干した後、何か決然とした表情を湛えたかと思えば、首を縦に振りながらフロアの真ん中へと躍り出た。周りにいた男はみんな彼女を一瞥した。大胆な男は彼女に果敢にも身体をすり寄せに行ったが、彼女はそんな男を見てケラケラと笑い、ノーセンキューという手振りをして男を遠ざけ、一人で踊り狂っていた。そんな先輩の姿が、泣きそうになるほど私は誇らしかった。インスタに載せても誰もハートなんて付けない、ダサくてバカバカしい先輩の姿が私にはとても美しかった。彼女に吸い寄せられては弾き飛ばされていく男でさえ愛おしく思える。ナイトクラブでの踊り方も知らない私はただ笑い転げながら、その様子を見守った。

黒服のいう新しい国では、彼女はこうして夜、あんな風に踊れるのだろうか。

私は決意した。彼女だけは誰にも傷つけさせない、と。

……どれだけ彼女は踊っていたのだろう。

ひとしきり踊って満足したのか「ねえ、吐きそう、あとさここどこだったっけ、とにかく、ここ、飽きた」と私の耳元で先輩が叫ぶ。「ではドロンしましょう」と私は先輩の手を取り、クラブを出た。

終電の時刻は、もうとっくに過ぎている。

この円山町がラブホテルの巣窟だと私が知ったのはこの時で、先輩がそれを知っていたのかどうかは私には分からない。これからどうしましょう、と口にしそうになるのを堪えてると、私の肩に寄りかかっていた先輩は目の前の自販機、そして電柱へと寄りかかり、ぺたんと地面に腰を下ろして、三角座りをし、その三角に頭を乗せ、その数秒後には寝息を立て始めた。

通りすがりの外国人カップルが「オーイ、ダイジョーブデスカ」と私たちに声を掛けてくると三角座りをしたまま先輩が「やかましわ！」とアスファルトに向かって叫び、その外国人の男女は首を横に振りながら私たちの目の前にあったラブホテルへと入って行った。

「先輩。あいつら小声で僕らのことファッキン・ジャップって言ってましたよ」

「んなあにい」

「あいつら先輩のことアンビリーバブル・ファッキン・ジャップって言ってました」

「アンビリーバブルなに？」

「ファッキン・ジャップです」

「ふふふ、一発屋のバンド名のようであるな」

「ここで寝てると風邪ひきます」

「上等でしょ」

「僕は嫌です」

「上等ですよ」

「ホテル行きましょう」

「むむむむ」

「え、いや、ホテル」

「このホテル野郎が」

「いや、違うでしょ」

先輩を抱えて、ホテルに入った。先払いね、と不機嫌そうな声色で私たちを睨みつける受付のおばさんに私は有り金を全部払った。部屋の中に入ると、やたらと大きな画面のテレビには裸の金髪の外国人が大写しになり、微妙なバラードに合わせて、肢体をクネクネさせていた。これを見て誰が昂奮するのだろう。民放に切り替えると、国立国会図書館で放火騒ぎがあり、TK大学の図書館でも放火騒ぎがあり、都内の巨大な大型書店十五店舗でも小火騒ぎがあったという報道がなされていた。これを見て昂奮する人間は、何十人も私は心当たりがある。死傷者は一人もいないことを確認して、テレビを消した。クラブを出てから瞼を一度も開けてない先輩はもちろんブロンドの乳房にも無差別テロにも気づいていなかった。ごめん、もうすぐ大丈夫になるから大丈夫だから、と何度も先輩が呟いている間に「大丈夫って女の人が言う時は放っとけって意味ですよね」とか「宇宙船の操縦パネルみたいですね」だなんて無意味な相槌を口にしながら電気系統のボタンを無茶苦茶に弄(いじ)っていると、やっと室内のルクスが下がった。

これで私たちは眠れる。いや、眠れるだろうか。

身体を放り投げるようにして先輩はベッドに倒れ込み、すぴすぴと短い寝息を立てたかと思えば、はっ、と瞼を開き、君もおいで、ほら、と、窓辺で立ちっぱなしだった私に言った。

こんなことは正しくない。正しくないことは山ほどしたが、これだけは正しくない。

断る理由は百とあったが、でも断らない理由も百とあった。

「失礼します」と私は先輩の隣に横になった。

この時、やっと私たちはふたりきりになった。

「あのさ」

「はい」

「いや、なんでもない」

「なんでもないにしては、さっきのクラブ、立派な踊り方でした」

「ほんと？」

「最高の暴れ方でした。今時の若者とは思えないほどでした」

「惚れた？」

「はい」

「可愛かった？」

「可愛いかどうかは分からないですけど、お美しかったです」

私はいつしか彼女と行った鉄塔のことを思い出していた。

鉄塔の中にいた彼女の、あまりにも遠かった横顔が今、あまりにも近くにある。

「じゃあ吐かないでおくね」

「吐きたかったら吐きましょうよ」

先輩はへたへたと笑った。

このまま先輩が眠ってくれたなら、どれだけ良かっただろう。

気づけば私は彼女にキスをしていた。先輩の唇はウオッカの味がした。これからどうすればいいんだっけ。まずは服を脱がすんだっけ、脱ぐのが先だっけ。なんでこんなことを考えてるんだろう。思わず笑いそうになると私の目からぼろぼろ涙が出てきた。訳も分からず、片手でそれを拭っていると、今度はそれが笑えて、それさえ虚しく、また泣きそうになった。ただ、彼女の気を引きたかっただけなのに、私はどうしてこんなに間違えてしまったのだろう。

「どうしたの」と先輩が目を閉じながら呟く。

「いえなんか、嬉しくて」と私は初めて先輩に嘘を言った。「今、僕は、嬉しいんです」

「可愛いね」

「ごめんなさい」

「なんでよ」

そうして暫く私たちは抱き合っていた。

先輩は笑った後、私に軽いキスをした。

先輩は、大丈夫大丈夫、と言いながら私の背中に腕を回していた。これ以上、私が迷ったり考えたり泣いたり笑ったりしなくて済むように、私を抱き締めていた。そしてそれから……

それから先輩は静かに泣き始めた。

彼女の泣き声は、換気扇の音以外何もないこの狭い空間に響き渡った。あぁ、やっぱり間違っていたんだ。何が。なぜ。誰のせいだ。どう考えても私のせいだった。先輩はそうして私を弱く突き飛ばしたあと、枕を抱きかかえ、何分も何分も弱く、時に激しく、時に世界の終わりが来るみたいに泣いた。どうすることもできない余白が、永遠のように続いて、私を圧迫する。彼女の涙腺にあった涙も、あるいは肺に残っていた泣き叫ぶべき何かも、全部出し尽くしたのか、だんだん先輩は途切れ途切れに呼吸を取り戻し、ぐしゅぐしゅ言いながら、「あぁ、ごめん」「いや、やっちゃいましたね」「こんな筈じゃなかったんだけど」と呟いた。彼女の言葉は紛れもなく私に向けられていたはずなのに、まるで先輩が彼女自身に対して言い聞かせているかのように思われた。

先輩がティッシュで鼻をかみ、もう一度、あぁ、と言った。

私はこれから彼女が私にどんなに最悪な告白をしても傷つかない覚悟をした。

「明日、いや、もう今日か、今日ね、デートがあるんだよね」

だからどうしたと言うのだろう。

「それに明後日は友達とディナークルーズに行こうって約束しててさ」

「面白そうですね」

「全然面白くない」

彼女はそう言って、力なく一人で笑った。

「ねえ、いくつか質問してもいいかな」

「どうぞ」

「あたしのこと好き？」

「好きじゃなかったら、こんな場所に一緒にいません」

「あたしに恋人がいても？」

私が全く驚かなかったことに、私は驚いた。

「むしろ先輩に恋人がいない方が不思議です」

「それもそうだね」

「最低ですね。そういうところ好きです」

「ありがとう」

「僕も僕で、先輩に恋人がいてもいなくても構わないと思ってました。だからおあいこです」

最低か、おあいこか、そう言われればそうかもね、と先輩は弱く笑い、こう続けた。

「あのさ、男の人ってさ、セックスもしないし一人でもしないし風俗にも行かないけど、でも一人の女の人を好きなままでいるってことはさ、ありえるのかな」

どうして女の人は、男はみんな風俗に行くと思っているのだろう。

「みんながみんな風俗に行くなんてありえません、行く人は行ったたって言いふらしますけど、一度も行かない人は一度も行かないまま、なにも言わないだけです」

それでも先輩は全く納得していない様子だった。

「ねえ、ちゃんと答えて、あたしの質問に」

「ありえたらいいと思ってます」と私は言った。「でもそれだけはありえないとも思います」

先輩は嬉しくも悲しくもない、といった表情を先ほどから変えない。

きっと何を言ってもそうなる。それが私には辛かった。

「ずっと好きでいるなんて、たぶん誰にもできないことだと思う。ふと好きだなって思うことは時たま偶然あるだけで。それだけでいいと思える時もあればそれだけじゃ足りないって思う時もあってさ。これはあたしがまだ若いからそう思うのかな。それじゃ足りないって思ったなら、どうしたらいいのかな。どうあったら正しかったんだろう」

そんなこと知るわけがない。

「先輩はどなたと付き合ってるんですか」

「どうして君はそんなことを知りたいの」

「先輩のこと、全部知りたいんです」

東京は相変わらず嘘まみれで、そして私も嘘を吐いていた。

「でも全部知ったら、男の人ってすぐに飽きちゃうでしょ。それはあたしもそうだけど」

「男とか女とか、もうやめませんか。飽きるか飽きないかなんて、先輩が決めることではありません。僕が決めることです」

それも嘘だった。

「もし全部、同じことの繰り返しだったらどうする？」

「どういうことですか」

「誰かと別れても、どうせまた赤の他人と腹の探り合いから始まって、どこに住んでるんですかどんな映画音楽が好きですか私もそれ好きですそうなんですね甘いものと辛いものどっちが好きですかって食事して、眠れないですねそうですねってＬＩＮＥして、疲れましたね頑張りましょって仕事して、デートして喧嘩して食事して終電なくしてホテル行って、もうずっと同じことの繰り返しだったらどうする。山手線みたいにずっと同じ場所をぐるぐる回ってるのよ。新しい人と付き合えば、前の人のことなんて忘れられるような体質だったら最高だった。でもあたし、記憶力だけはよくてさ、世界史のどんなくだらない年号も、七年前の恋人の携帯電話番号も忘れられないんだよ。他にも、あぁ、ここはあの時あの人とあんな風に歩いたなとか、そういえばこの人もあの人と同じでコンビニでこのおでんの具材買うのが好きなのねとか、そんなどうでもいいことが全然忘れられないんだよ。でね、思い出す度に少し死んでいくんだ、あたしの心は。前の人が忘れられない人のこと、ずっと心の底からバカだと思ってた。けど気づいたんだよ、心の底からバカだなと思うのって、そうなるのが心底羨ましいからなんだって。バカだって思い込みたかっただけなんだよ。そのことについては君はどう思う」

「かつて傷つけ合った元恋人のことを一瞬で忘れられるような人間なんて、僕は大嫌いです」

それが嘘かどうかも、自分では分からなくなっていた。私はいっそ彼女を好きになったことを謝りたくなった。

先輩は、首を縦にも横にも振らない。

「可愛い可愛いって言われて素直に照れるほどもう子供じゃないし、綺麗とか美しいとか言われて知ってますって言い返せるほどあたしもまだ大人じゃなくてさ。君はあたしを冷たい人間だと思いたかったんだよね。褒められてもビクともしない女だと思いたかったんだよね。でも違うんだよ。そしてあたしには恋人がいて、君とこんなことをして、とっくの昔から君のことが好きなのに彼のことも好きで、でも彼はもうあたしには勃たなくて、あたしはそんな彼を壊したいと思えないのにでもお互いに全然嫌いになれない。別れたいとも思えない。もう、終わったも同然なのにね。愛してるけど、その愛ももう、灰みたいになっててさ」

どうして悲しい話をする女は、こんなに綺麗なのだろう。

生きてる間に人間は何度でも死に、何度でも生き返る。でも二度と生き返れない人間だっているのだと私は知った。

「先輩、もう寝ましょう」

「あたし、出会い系もやったことある。ある？　君は」

いつしかの佐藤の仮説を私はもう思い出せない。

その出会い系とは、黒服が作ったアプリのことだろうか。

あぁ黒服が悪い。すべては黒服が原因だ。彼女は何も悪くない。すべては彼が悪い。

「ありません、もう昨日までの話はいいです」

「一晩だけなんて山ほどあるんだよ」

清楚な振りをする子は清楚な振りをする理由があるから、君も気をつけた方がいいよと的外れな寸言を先輩は加えた。

「どうでもいいです、そんなこと」

「気にならないの？」

「気になりません」

「でもそれだってあたしなんだ」

「おなかすいてませんか、ピザでも頼みませんか」

「ピザは深夜やってないよ」

「それ楽しかったですか」

「楽しかった時もあるけど、でももう全部忘れることにした」

かっこいいですね、と私は言った。

「嫌いになれないってさ、地獄だと思う」

「先輩、もう寝ましょう。知りません、そんな話。寝ましょう」

「あたし、酔うと目が覚めちゃうの」

　確かにそうだった。私もだった。

「でも寝ましょう。スヤリの方の寝るです。寝るしかないです。僕たち」

「お母さんみたいなこと言うんだね」

「子守唄でも歌って差し上げます」

「嬉しい」

「だから早く」

「セックスがすべてじゃないなんてわかってる。そういうのがなくても全然やってける人たちがいるのは知ってる。でも今日は抱き締められるだけじゃ嫌とか、くっついて寝るだけじゃ足りないとか、あるでしょ。あたしでもあるんだ」

「経験はないけど、分かります」

「このままじゃいけないと思って下着の色とか形とか変えてみたけどもう全然だめ。同じものばっかり食べてたら、うんざりしちゃうよね。もう愛されてないのかなとか不安になって、その内あたしだけなにしてんだろうなって思っちゃってさ」

「僕は一貫してユニクロのパンツしかはいたことはありませんが、分かります」

「愛されたいから生まれてきたわけじゃないじゃん。長続きさせるために生まれてきたわけじゃないじゃん」

私も彼女も何のために生まれてきたんだろう。

「相手の気持ちなんて死ぬまで分からない。だから、喜ばせるか笑わせるか、美味しいものを食べさせてあげるか、それか、膝から崩れ落ちるほど悲しませるか、もうそれさえできなければ、ずっと自分一人で傷つくしかないと思わない？」

遠くから救急車のサイレンがする。

そのままこのホテルの部屋に救急車が突っ込んでくれば良かった。しかし、ここは三階だ。

「どんな時でも話し合いを重ねるのが恋人だとかいうけど、あれ嘘だよ。話し合ってから抱かれたって、きっとすっごく虚しい。ありえないくらいばかばかしい理由で喧嘩とかしちゃうし。もう浮気してもいいかなって思うけど浮気はされたら嫌でさ。我儘でしょ、笑えるよね」

笑えると言う時、人は全く笑っていない。

「そしたら四月、君と会った。ものすごく寂しそうで、ものすごく正しくあろうとして、かつてのあたしとものすごく似ていた君が、半信半疑な顔して、あたしの前に現れたの。面接で君が、志望理由を言ったでしょ。あの時、あたし、嬉しくて泣きそうだった。悔しくて泣きそうだった。この子、なんにも諦めてないなって思ったの。絶対楽しませてあげたいって思ったの」

涙腺をメルカリで売ることができたなら、どれだけの人が売り飛ばすだろう。

誰も買ってくれないようなものが、この世には幾つあるのだろう。

「でも、それがこのサークルでは無理だってことも分かってた。君はすぐにそれを見抜いたよね。群れたら平均化して誰も何にも面白いことはできないってこと、あたしも知ってた。恋愛禁止なのにみんな恋愛してさ。あたしは何ができるだろうって思ってたら、君と寝る夢を見た。君はどんな気持ちだったの。ううん、でもそれさえどうでもいいや。今誰がどう見たって、これは浮気だって言うと思う。実際そうだ。でもあたし、今、君とここにいて、君と話す時は君のことだけを考えている。君以外のことは、何にも考えていない。君もあたしと話す時、あたしのことだけを考えているはずだよ。もうあたしには、好きって何か分からない。愛してるのが何かさえ分からない。でも君とあたしは、今、ここでふたりきりだけなんだ。それだけは真実なんだ。それさえも意味がないのかな。同じことの繰り返しになるのかな。生きてるのに死んでくばかりなら、生きる意味ってなんなんだろう」

私が知るはずがなかった。彼女も知るはずがなかった。

誰一人知るはずがなかった。

「分かってます。大丈夫です。ここを出たら、とりあえず好きなものを食べに行きましょう。たぶんこのホテル、数年前に自殺者が出たホテルか何かで、ここに入った人を気鬱にさせたりする幽霊とかがいるんですよ。そういうのがなかったとしても、先輩と僕がふたりきりになっても、ふたりきりにはなれないことも、僕は耐えられますから。だから大丈夫です。大丈夫。先輩、今日はもう寝ましょう。元気になったら、面白いこと考えて、面白いことをしましょう。人間、ふたりいれば、何とかなります。なるはずです」

「ほんとかな」

「分かりません、が、そこに希望が一ミリでもあるなら、それを捨てるべきではないです」

私は何とふざけたことを言っているのだろう。

彼女の絶望も、黒服の絶望も、私には到底計り知れなかった。

「全部君のせいにしたいんだけど、全部あたしのせいだよね」

「全部先輩のせいで、全部僕のせいで、全部世界が悪いんです。だから報復するんです」

「君は、あたしがいなくても生きていける？」

「それは悲しいけど、たぶん一人で生きてけます」

「よかった。あたしもだよ、両思いだね」

「最後はどうせ死んじゃうから、この世界に最悪の爪痕を残すんです」

「あたしのことならどれだけでも傷つけていいよ」

「僕は先輩のことが好きです」

「ごめんね」

　何が。

「大好きです」

「セックスがしたいの？」

「そういうことじゃない」

「じゃあどういうこと」

「そういうことじゃないんです」

「じゃあなんなの、あたしたちは」

「きっと、ちょっと似た者同士だったんです。それ以上でも以下でもありません」

「愛してるよ」

「もう寝ましょう」

「君も寝てね」

「おやすみなさい」

　先ほどまで身体で暴れていたアルコールから痛みだけが頭に濾過(ろか)され、残っていた。

　先輩は寝言で、誰かの名前を呟いた。でもそれは、私の名前ではなかった。

愛している、と、愛していた、の間で、どうして私たちは死ねないのだろう。　20XX/12/24/03:41　RT:0 LOVE:0

第十六章

絶望はサンタクロースのように

悪い夢を見た。こんな夢だ。

ベッドの周りには、無数のサンタクロースが立っている。その顔はよく見れば、常連だ。

その常連全員が薄気味悪く微笑んでいる。

常連たちの真ん中で黒服は椅子に座って煙草を吸っている。二十四の瞳。こいつらに恋人はいない。恋愛否定主義者か、恋愛絶望主義者しかいない。遅かれ早かれ全員絶滅するだろう。彼らの唯一の思想的恋人はあの廃墟、黒服、そして計画だ。クリスマスがテーマの映画で一番好きな映画は何か、という話を一団はしている。誰かが『ホーム・アローン』と言った。そういえば最初は私たちも悪戯だった。誰かが『ダイ・ハード』と言った。ブルース・ウィリスが映画の中で人を殺した数と、サミュエル・L・ジャクソンが映画の中でファックと言った回数はどちらが多いのか、と黒服が言う。そして誰かが『戦場のメリークリスマス』と言った。好きな映画の話を常連としていたのはいつのことだっただろう。

懐かしい平和な光景。私は目を閉じて聴いていた。

すると「メリークリスマス・イヴ」と黒服が私に向かって言う。

常連たちも口を揃えて言った。

「メリークリスマス・イヴ」

「朝からうるせえ」

再び眠ろうとすると、起きろ、と席を立った黒服にバケツで水をぶっ掛けられた。

現実はいつも圧倒的現実だ。寝ても覚めても。その水の衝撃で私は飛び起きた。

ここは私の部屋ではない。先ほどまで先輩と話していたラブホテルのベッドだった。

「なんでおまえらがここにいるんだ」

隣に先輩はいない。先輩の服も鞄も何もかもが綺麗さっぱりなくなっていた。

「ドッキリ大成功」

黒服と常連がクスクス笑った。

「彼女はどこだ」

「このホテルの経営者の息子は、常連の一人だ」と黒服が言う。

「で、あれがおまえのこれか。美人だな。おまえには勿体無いと思う」

常連の一人がまだ笑うので、私も笑い、そいつが油断したところで、枕元にあった灰皿をそいつの鼻骨めがけて投げつけたが、素早く避けられ、磨りガラスに衝突して大破した。ゴロンと音を立てて灰皿がフロアに転がる。

別の常連の一人がそれを拾ってテーブルに置いた。こいつがラブホの息子か。

「あれが、あれなんだよな」と何事もなかったように黒服が訊ねる。

「はい、そうです」と常連の一人が答えた。リストから彼女を削除しろと私が頼んだ常連だ。サークルと違って私たちに恋愛禁止のルールはない。しかし、もっと厳しいルールがあった。

よし、分かった、と黒服が手の平を振ると、常連たちは外に出て行った。

窓を閉めていても円山町は昼間から安っぽい香水と煙草の匂いがする。

「ここまでおまえも俺も、よくやったと思わないか」

クリスマス・イヴが終わりクリスマスが始まる深夜、関東数ヶ所の発電所を爆破して、この世から不要なネオンを消す。同時に、六本木ヒルズ・スカイツリー・サンシャイン60・都庁の展望台・ミライナタワーの屋上に同時に放火し、その様子を東京タワーの展望台で鑑賞する。この混乱に乗じて、仮想通貨取引所も攻撃する。この大逸れた計画は、「真夜中乙女戦争」と名付けられていた。そして、その実行が数時間後に迫っていた。

ここまで上手くいくと思っていなかった。私はこの男を一度も見くびっていなかったが、その行動力と執念を正しく認識していたなら、こんなことにはなっていなかったはずだ。

「もう十分だよ。彼女はどこだ」

「いや、まだ完璧からは程遠い。それに、今夜の計画はもう少し華々しくやる」

黒服は私のユニクロのパンツを手に取り、私に投げつけた。

「放火では済まさない。六本木ヒルズもスカイツリーも都庁もその他も、爆破する。昨日付けで配信したメールにも書いてあったのに、まだ読んでないのか」

私は携帯を取り出す気にもなれなかった。

「もう爆弾は作ってある。都内の随所に配置済みだ。おまえも確認しただろう」

廃墟の一階に並べられた、あの大量のクリスマスツリーのことだろう。

「死人が出るじゃないか」

「だからどうした」

「だからどうしたじゃないだろ。死人が出るんだぞ」

黒服は乾いた笑い声で言う。

「当たり前だ。人間、死ぬ時は死ぬ。今夜が世界の転換点となり、俺たちの転換点にもなる。思い出せ。これは遊びじゃない。悪戯じゃない。嫌がらせでもない。歴とした、戦争だ」

かつて黒服が私に渡した長期計画表によれば、来年の計画の概略とは、こうだった。

全国の動物園は襲撃。囚われの動物は解放する。ペットショップも保健所の動物も。一度でもブラック企業だと噂された企業の経営者は常連らが誘拐し徹底的に虐め抜く。週刊誌の記者は誘拐され生まれてきたことを後悔するほどの拷問を受ける。週刊誌を買うような人間もきっと常連は見逃さない。全業種の民間企業に潜入、あるいは潜伏済みの常連が、オフィス中の文明品を木端微塵に破壊し、粉飾決算も優良誤認も所得隠蔽も数値改竄も製品瑕疵も燃費詐称も何もかもを告発する。でも私たちは正義に興味はない。東証一部の株価は暴落する。それが終われば今度は官公庁や各党本部・地方裁判所の爆破だ。でも私たちは政治に興味はない。それでも計画に死人を出す予定は一つもなかったはずだった。

「これは革命だ。革命に死人が出ない方が不思議だ。無血革命など、ありえない。そして俺たちの辞書に、敗北の文字はない。この戦争には、圧倒的に勝つ」

内乱罪の首謀者は死刑又は無期禁錮だ。でもそれは、内乱が失敗して捕まれば、の話だ。壁の時計を見る。信じられないほど長く眠っていた。もう夕方近くになっている。

「延長料金については安心していい。タダにしてもらった」

黒服も同じく時計を見て言った。

「彼女はどこなんだ」

「世界が終わるのに、おまえはまだ恋愛の真似事がしたいのか？」

「あの人の未来まで奪う必要は絶対にない」

「あの女はただのあばずれだ。おまえだってそう思っているだろ？」

「一人くらい見逃したって、どうってことないだろ。もっと大きな目的があるんだろ」

「一人くらい見逃したって、どうってことないから、全員を見逃すべきではないんだ」

黒服は論理的ではないという点で、ずっと一貫していた。

「俺はこの計画と結婚している。浮気はしていない」

私が浮気したと言いたいのだろう。常連も、この黒服の計画と結婚したも同然だ。

「誰かが幸福で、誰かが不幸なら、意味がない。全員どん底に叩き落とすまで続ける」

私は黒服がいなくては存在できない。でも黒服は私がいなくても存在できる。

……彼女は私に夢を語った。ありきたりな夢だった。だがそれのなんと尊いことだろう。なんと純粋なことだろう。なんの計算もないその夢は、夢も何もない私には、ただ美しく見えた。そうだ。先輩は美しかった。だが、私には、黒服も美しい。私にはそうして愛すべき人間が二人いた。でも二人は違う。二人の優位劣位は圧倒的だ。先輩は黒服を知らない。黒服は先輩を調べ尽くしている。不利なのは先輩だ。私しか彼女を守れる人間がいない。でも彼女は……。

私には何もできなくても、今、黒服に何かをさせないことはできるはずだった。

「あの人は何も悪いことはしていない。関係ない人を巻き込むのはやめろ。あの人にだって高い理想がある。まだ彼女は戦う前だ。彼女にしかできないことがあるはずだ。それも無意味だっていうのか」

「なら、その女も俺たちの仲間になればいい」

きっとそれだけはありえない。

「この世は敵か味方だけだ。中間はない。そして俺たちは前進あるのみだ」

先輩はこんな卑怯な手を使わない。こんな恐怖に訴えない。先輩には正しさが似合う。

「俺はおまえがあの女と何を話したか知ってる」

黒服が窓を開けた。

「おまえがあの女をリストから外したことも知ってる」

その窓から、煙草を捨てる。最後の一本だったらしい。

きっと私も、このままいけば、あの窓から同じように捨てられる。

「俺は、あの女が今までどこで誰と何をしていたか全部知っている。出会い系をしていたとか言ってたな。本人が言ってた通り、俺が作った出会い系のアプリで、あいつは、そこら中の男と会ったその日に寝ている。頭は良い。利口かもな。だがそれだけだ。そんな奴らは俺らの手の平の上で一生踊り続けるだけのゴミだ。代わりなんて幾らでもいる。守る必要は全くない」

「論点をすり替えるな。それとこれとは関係ない」

いや、全部関係がある。私の代わりもきっと、幾らだっている。

「大丈夫。どうせどんな女も男も、何となく恋愛して何となく結婚して何となく子供を育てて何となく死んでいくんだ。あの女の言う通り、どうせまた都合の良い誰かと都合の良い暮らしを続けていく。だから大丈夫だよ。全員、平等に潰すんだ。俺たちにはやるべきことがある」

「彼女は今どこなんだ。それを言え」

黒服はもう私の話など聴いていなかった。

「そしてこれは最も重要なことだが、俺はおまえが俺と会う前まで、どこで何をしていたかも知ってる」

「……意味が分からない」

「おまえは俺と会う前、俺に何度も会いに来てくれた」

文法がどうかしている。文法がどうかしている人間は、精神構造もどうかしている。これはツイッターを見れば明らかだ。

「それに俺にラブレターも送っている」

全く意味が分からない。

あの夜が初対面だった。

ラブレターなんて一度だって送ってない。

「でも結局、言葉も、おまえも、役に立たない」

……私は絶句した。

その言葉の続きを私は知っている。「すべて終わる。おまえには意味がない」

「おまえは何なんだ」と私は言った。

「何なのかとは何なのですか」と黒服は肩をすくめながら答える。

嘘だ。

あの日、東京駅で私の隣にいたのは、制服だけだったはずだ。

初対面の夜、ラーメン屋の店主は私にだけメニューを訊いた。バイク。廃墟。映画館。黒服が何でも知っていること。年齢も実名も分からないこと。

「まさかおまえ」

黒服がゲラゲラと笑った。

「大丈夫。事態はいつも最高ではないが、おまえが思うほど最悪でもない」

「おまえは何なんだ」

「俺はおまえの幻想ではない。俺は、俺。おまえは、おまえだ」

「おまえは何なんだ」

「おまえが大好きで大嫌いな、東京だよ」

「嘘だ。嘘だ。嘘だ。全く意味が分からない。頭でもおかしくなったのか？」

最初からおかしい奴に、おかしいというのは何とも屈辱的だ。

「違うね。最初から一人でおかしくなっていたのはおまえだけだ」

「あの常連も実在しないのか」

「俺らが実在しなければいいと思ったか？　全部、仮想現実なら良かったのにな。だが違う」

ラブホテルの水道管は腐っているに違いない。下水が逆流したのか、その匂いが風呂場から立ち込め始めた。初めて私たちが廃墟に入ったあの日と同じ匂いがこの部屋に充満し始める。

「残念ながら、廃墟も常連も、猫もあの女も、佐藤って馬鹿も、この俺も、全員実在する」

もう誰のことも信用できない。

「でもおまえの選択次第では、存在していたはずの人間が今後、存在しなくなったりする」

黒服の正体が、この時、私には漠然と分かった。そして今、私が何をすべきかも。東京タワーに行かなければならない。

「おまえは俺たちを裏切るのか、裏切らないのか、どっちだ」

答えが二択しかない問題は問題設定自体が正しくない。

「慎重に答えろ。俺たちは個人より優先すべき絶対的価値がある」

「脅してんのか？」

「脅してないように見えるか？」

「分かった。分かったよ。俺たちにはやらなければいけないことがある。それをやろう。だからとりあえずここを出よう。ラブホテルに野郎だけいても、何にも面白いことにはならない」

「まあ、それもそうだな」

黒服が手を叩くと、常連がまた部屋に入ってきた。新喜劇に出てくる暴力団のように間抜けな奴らだ。常連に見詰められながら下着をはく。窓の外を見ると、ミニバンが停まっている。シャツの上にニットを着る。「ソックスがないんだけど」と私が言うと、常連が部屋の中を見渡し始めたので、その隙に灰皿をニットの下に隠した。一人がシーツの中からソックスを見つけて「ありました」と渡してくれた。そのついでに「あ、一応、失礼します」と、別の常連が私の手首に手錠を嵌（は）めようとする。健気（けなげ）な奴だ。お礼に私は灰皿でその常連の頬骨を殴ると、常連は先ほど割れたガラスの上に風船のように吹き飛んでいき、別の常連たちが「あ」と叫び、黒服が「あーあ」と溜息を漏らした隙に、下水の匂いが立ち込める風呂場に飛び込んで鍵を閉めた。

風呂場の窓を開ける。

ここは三階。まだ私は傷つき足りていない。

窓から飛び降りようとした。が、いつも私の行動は少し遅かった。

風呂場の扉を蹴り倒した黒服が、窓の外へと飛ぼうとした私の背中を掴んで引き戻し、バスタブへ転がして、私の頭上にあったシャワーヘッドを手に取り、私の頭を思いきり殴った。

第十七章 夜が明けるまでに愚か者どもが告げるべき愛は

またしても悪い夢を見た。

世界が終わる夜に、三分間だけ電話したくなるような人がいたとする。

だがその夜にはもう、電話が通じることはない。メールも届かない。誓ってもいい。LINEも使えなくなっている。大停電。通信障害。お次は暴動だ。銀座前、伊勢丹前に集まった、怒れる貧乏人ども。美しい放物線を描いてショーウィンドウに投げ込まれる火炎瓶。性善説なんて孟子(もうし)の寝言だ。ルイ・ヴィトンもシャネルも、エルメスの路面店もただの炭素に戻る。怒れる警官。殴られる暴漢。別の暴漢が警官を殴り返す。それが本番の合図だ。焼かれる交番、警察署、御社に弊社。襲われる大使館、百貨店、結婚式会場、ホテル。空から舞い落ちる灰は雪と区別が付かない。アマゾンの倉庫は蛻(もぬけ)の殻、どんな企業の本社もめでたく灰になる。燃えても燃えなくてもクリスマスツリーは最初からゴミだ。戒厳令が発令される頃にはもう誰も最初の警官や貧乏人が常連の仕込みだったと気づくことはない。月に叢雲(むらくも)、花に風。その風で桶屋は儲かり、私たちは呼吸でき、東京には星が戻る。なにかを守ろうとする人間がそのなにかを一番冒瀆(ぼうとく)しているのはよくあることだ。一番愛していた物は一番憎むべき物、一番会いたいと願う人間は一番会ってはいけない人間。愛は絶望、でも絶望は愛ではない。その夜、オリオン座しか知らない男が少しの感傷に浸りながら、女に愛していると言う。流れ星みたいな女は愛していない男に愛していると言い返す。愛されなかった男は部屋でペニスを握る。愛されなかった女が握り締めるのは携帯かナイフか。今しがた彼らの夜空に走った光線は、流れ星ではない。神様がショートケーキに突き刺した、そのフォークの反射光だ。

私は、彼女に泣きそうな顔で微笑む。

気づけば私と彼女はどこかの高層ビルの屋上にいた。

彼女は私に微笑み返してくれない。舌の上で転がる宝石は赤く錆びた鉄の味がする。

「これからどうしましょう」と私が訊いた。

もちろん、あなたのためならなんでもする、という意味で。

「これからどうしましょうって言う人が一番嫌われるよ」と彼女は無表情で、返す。

その台詞を言ったのは僕です、と言おうとすると、彼女の顔は黒服の顔に変わっている。

そして黒服は私に言う。

「メリークリスマス」

これは鉄の味じゃない。血の味だ。

「おまえは無意味だ。なんの役にも立たない」

ちょっと愛されたかっただけなのに、気づけば私たちはどこまでも傷つけ合う。

……目が覚めた。バスタブから起きる。

歯茎と舌の間に転がる、折られた歯を吐き飛ばす。

頭から流れた黒い血が固まって、顔にもシャツの襟にもへばりついている。

片目が全く開いてくれない。

誰一人いなくなった室内の壁時計、その長針をもう一つの目で見た。夜十一時過ぎ。

それはつまり先ほどの私の夢が今、現実になりつつあることを示していた。都心部の暴動による攪乱で都内の警察を陽動し、常連らは本来の目的、つまり黒服が指定した目標を攻撃する。

かくれんぼと鬼ごっこ、そのどちらを愛するのが正しかったのだろう。

財布と携帯をポケットに突っ込む。私には私にしかできないことがあった。一階のフロントには人っ子一人いない。もう時間がない。文化村通りに飛び出た。手を伸ばせば、私の前にタクシーが急停止した。

座席に滑り込み、先輩に電話を掛ける。出る気配がない。

「あの、どちらまで」と中年のドライバーが私に訊ねる。

先輩にLINEした。既読になる気配もない。

「歌舞伎町まで」

全部私のせいだ。

先輩が監禁されているとしたら、それは廃墟の可能性がある。

窓ガラスに頭を打ち付けながら外を見つづけた。表参道も伊勢丹前も機動隊の特殊車両・警察車両・消防車や野次馬、報道関係車両で溢れ返っている。中年のドライバーは黙ってその封鎖を避け、裏道で歌舞伎町に向かう。そういえば私の財布にはもう一銭も金がない。悪事という悪事は事実、私にとって何も金にならなかった。だが常連は黒服の手ほどきによって大量の金を稼いでいた。あいつらさえ、もう金に何の興味はないだろう。当事者の隣にいたのに、真ん中にいたのに、私はいつも傍観者だった。まさにこうしてぶっ飛ばされるタクシーの、その後部座席に座っていただけだった。

窓ガラスに再び頭を打ち付けていると、住所を指定していないのに、このタクシーはピタリと私たちの廃墟の前に停まった。

「お代は結構です」

絶句していると、中年は続けた。

「いつも皆様には何かでお礼がしたいと思っていたんです」

中年が胸ポケットから猫のポラロイドを取り出した。どいつもこいつも大馬鹿野郎だ。

窓の外の廃墟を見る。明かりはついていない。

「ここで待っててください」

廃墟の一階から四階まで探した。常連もいない。先輩もいない。クリスマスツリーはすべて消えていた。なにかぬめりとしたものを踏んだかと思えば、私たちの猫がいた。

彼らがいる場所として考えられるのは、もう一ヶ所しかない。キッチンに転がったナイフをポケットに入れ、空のポリタンクを二つと、もう片手で猫を拾い上げて、タクシーの助手席に飛び乗った。

「あぁ、これがあの猫ですか」と中年は感嘆の溜息を漏らす。

「東京タワーまで」

「承知致しました」

「途中でガソリンスタンドにも寄ってください」

「計画のためですか」

私の無言を、中年は暗黙の了解と解釈したらしい。

「喜んで」

目の前にあった無線機をナイフで引きちぎり、助手席の上にあった彼の携帯電話も奪って、窓から投げ捨てた。中年は苦情を言うどころか、嬉しくて嬉しくてたまらない、といった顔をしている。ラジオからは桑田佳祐の白い恋人達が流れていた。

鉄塔の麓に着いた。営業はもう終了している筈なのに入り口に一人の警察官の姿がある。ポケットのナイフを握り締めたまま入り口に近づこうとすると隣にいた中年が「大丈夫ですよ」と私を制し、ポラロイドを出して巡査に見せた。すると巡査もまた、自分のポケットから猫のポラロイドを出した。「これがあの猫ですね」とその巡査も私の腕の中にいた猫を見て嘆息している。どいつもこいつも大馬鹿野郎だ。

通常展望台に上がった。中年に「よろしくお願いします」と言うと、中年はその日を輝かせたままポリタンクを抱えて、展望台の下階へと下りて行く。ここは展望台の上階だ。

展望台の中は照明が消えていた。眼下は夜の光の海。黒服が実現する未来には、夜景も残業も高層ビルも会社も大学も、政治も貧富の差も仮想通貨も、何も存在しない。何もだ。都会から一切の緑も消えるだろう。展望台の中へ進むと、サンタハットを斜めに被った黒服がキャンドルライトの隣で八号ほどのクリスマスケーキを一人でカットしていた。何等分するのだろう。その数の分だけ私はぶん殴られ、蹴られることになる。だが常連はまだ来ていない。先輩の姿もなかった。

「メリークリスマス」

彼はケーキナイフをテーブルに置き、腕時計を見ながら言った。

「まだクリスマスじゃないだろ」

「でも、もうすぐだ」

展望台の内部は相変わらず酸素が薄いまま、静まり返っている。

「あと数分だ。間に合ってよかったな」

私たちの間にはクリスマスツリーがあった。

その見た目だけでは、常連の製造したものかどうかは分からない。

だが、それが分かったところで、もうすべては手遅れだった。

「彼女はどこだ」

「火、ある？」

「ない」

「嘘だよ。持ってる」

黒服はポケットからジッポーを取り出し、ケーキに立てたキャンドルに火をつけた。

「もう何十年もこの景色を見てきた。でもそれも今日で終わりだ。人間が作り上げてきた永遠は今夜一瞬で終わる。そして、俺たちの一瞬の破壊が永遠になる」

今度はキャンドルの火で煙草に火をつける。

「それなのにおまえは女捜しか？」

「これは俺たち全員が望んだことだ。もちろん俺が望み、そしておまえが死ぬほど望んだ未来でもある。考えてもみろ。おまえは俺がいなければ何もできなかった。独り言を延々と言うだけの、図書館に引きこもる、どこにでもいるただの屑だったんだ。でも、そんな世界も今日で終わる」

私は黒服を愛していた。

「未来は暗いが、果てしなく明るい」

猫がケーキを見て、私の腕の中で暴れる。彼はまた腕時計を見た後、ケーキからクリームを掬い取って、私の腕の中にいた猫に一口舐めさせ、私に言った。

「ちゃんとこいつを抱き締めておけよ」

その瞬間、ちょうど背後から顔を両手で覆われたようにして、私の視界から、何もかもが消えた。真っ暗になった。

眼下に広がった東京。その、あらゆる照明が音もなく落ちたのだ。発電所がたった今、爆破されたのだろう。今の今まで走っていた車、そのライトだけが血脈のように徐々に地面から浮かび上がっている。早速どこかで車同士が衝突したか、クラクションが聞こえた。まるで永久にこの世界には朝が来ないかのようだった。黒い地平線と黒い空の区別が付かない。

「質問に答えろ」

その時、私が思ったことを、そのまま黒服が言った。

「この瞬間のために生まれてきたんだ」

だんだんとタワーマンションやビルの輪郭が、どこまでも暗い地平線から、一つずつぼんやり浮かんできた。あれを見ろ、と黒服が言う。窓の外に闇雲に目を走らせれば、私たちの目線より高い位置で、小さく火の海が浮いていた。遥か遠くにも、同じように小さな火の海が水平に揺らめいているのが見える。常連の作戦は開始されていた。

そして、私の作戦も開始されていた。

「写真は撮らなくていいのか？」と黒服が言う。

私は彼の顔を見た。その目はいつも冷たく、退屈そうに沈んでいるのに、この夜だけは爛々と光っていた。頬に浮かぶ、穏やかな微笑。あの火の海の近くにいる常連も、きっとこの顔が見たかっただろう。でも彼らも私も、もう二度とこの顔を見ることができない。

鉄の燃える匂いが、辺りに立ち込め始める。

私たちの真下のフロアで、何も知らないあの中年が、撒いた灯油に火を放ったのだ。

もうじき、ここも火の海になる。

スチール製のゴミ箱を片手に取って、窓ガラスを叩き割った。煙が外に逃げていく。

「この俺を消してもなんの意味もない」と黒服は言う。

「分かってる」

「何をしても無駄だ」

「分かってる」

「むしろ俺が消えることで、あいつらはもっと暴れる。それが俺の本望だ」

「それも分かってる」

「あの女を守ってもなんの意味もない」

「そうかもしれない」

私は続けた。

「おまえには感謝している」

黒服は咳き込み、そうして自分の胸を掻きむしり始めた。

「でも僕が最初からやるべきだったのは、おまえを燃やすことだった」

黒服は持っていた煙草を捨てたが、その口の中から、ずっと煙が出続けていた。

熱い、熱い、熱い、熱い。そう惨たらしく呻きながら、彼の膝は地面に落ちた。

＊

地上に生きて戻るには、下階の火の海、そこを通って、エレベーターで下りるしかない。

あるいはここから飛び降りるかだ。

携帯のバイブが鳴った。

メールが一件、電話が一件。メールは常連から、電話は先輩からだった。

メールを開く。更新された攻撃リスト。リストの一番上にあったのは、私の名前だ。

「ねえ、どこに行っちゃったの」

コール0で先輩が出た。

「先輩こそどちらですか」

「ずっと寝てた。頭が痛い。まだホテルだよ」

何か変なものを飲まされたのだろう。

どうやら私たちは別々の部屋に移動させられただけらしい。

「君は今どこにいるの」

「東京タワーです」

「どうして」

「初デートが懐かしくて」

「意味が分からない」

横を見る。黒服はもうそこにいなかった。

「先輩」

「なに」

「どうか僕の話を聴いてもらえますか。すぐに終わります」

目が完全に慣れた。

「うん」

「先輩にとってはたぶん、最悪なことです」

黒を切り裂くようにして、視界に閃光が走り、この鉄塔も揺れた気がした。

「うん」

たった今爆破されたのは六本木ヒルズだろう。

「たぶん先輩の内定は明日か明後日にも取り消されます」

「うん」

「先輩に内定を出したKADOKAWAって会社も、明々後日には爆破されます」

「うん」

「それだけじゃありません」

「うん」

遠くで音もなく横に倒れていくのは都庁だ。

「大学もその他オフィスも近々、全部消えてなくなります」

「うん」

眠るように倒れるのはサンシャイン60だろう。

「本もなくなります。彼らは生協も図書館もこの世から消すはずです」

「うん」

「そもそも地下鉄も山手線も一つ残らず動かなくなります」

「うん」

レインボーブリッジの上では、何発もの花火が上がっている。

「あと、先輩が本当はビッチだったってこと、僕は一生、許せないと思います」

「うん」

「あの時はカッコつけちゃいましたけど」

「なんとなく、君の仕業じゃないかって思ってた。思ってたけど、だけど」

電話の向こうで、やっと先輩が笑った。

「それでも信じてくださり、ありがとう」

「誰も君のこと、絶対に許さないと思う」

「はい」

「あたしも君のこと、絶対に許さない」

「光栄です」

「もう死ねばいいと思う」

「そのつもりです、僕も」

「本当に最低だよね、君は」

でも、と前置きし、先輩は言った。

「生きているなら、今は、それでよしとしてあげるよ」

解説

二宮（にのみや）健（けん）（映画監督）

Fさんの口から、なぜ『真夜中乙女戦争』を書いたのかという話を、今のところ三回聞いたことがある。

一回目は、Fさんの家ですき焼きを食べていた時だ。Fさんは「大学一年生が主人公の話で、もっとも最悪な物語を作りたかった」と言った（Fさん読者ならお察しだと思うが、彼は最悪という言葉を最上級の誉め言葉として使うことが多い）。そして、小説とエッセイの間のようなものを作りたかったとも言った。それはつまり、大学一年生の読者にちゃんと役に立つ本にしたかったのだと思う。作中の言葉を借りるなら、「四月に一つの物語も期待しないほど、まだ完全に人生を諦められてはいなかった」ような大学一年生だ。この小説の中に出てくる膨大な数の、F流の人生を生き抜く具体的な知見は、間違いなく刺さるだろう。その年齢から、ちょっと距離が出来た僕ですらコテンパンにされたのだから、リアルタイムでこの本を手に取った読者に及ぼす影響は、想像するだけでニヤニヤしてしまう。常にどういう読者に、どう響くかを想定しながら創作するFさんのプロフェッショナルな姿勢に、さすがだなあと、僕は感心しながらその時話を聞いていた。

二回目は、僕の家で鍋をつついていた時だ。Fさんは「大学一年生の時、大好きだった先輩がいたけど、結局想いを伝えられないまま彼女は卒業してしまった。それからお互いそれぞれにいろいろあって社会人になり、久しぶりに彼女と食事をすることになった。しかし、その場には自分の知らない彼女の友達も同席しており、少し居づらい空気になった。どうしようかと悩んでいた時に、彼女の口から急に『あなた昔私のこと好きだったでしょ』と言われ、雷が落ちるような衝撃を喰らった。その帰り道、当時のことがいろいろ沸き立ち、いてもたってもいられなくなって、溢れ出した記憶を書き留めているうちに、『真夜中乙女戦争』の物語が出来た」と言った。彼女と再会したその時、Fさんはいくつかの恋愛と失恋を繰り返した上、社会人駆け出しの殺人的な多忙の渦中にいたせいで、かつて彼女に強烈な恋心を抱いたという記憶がすっかり抜け落ちていたのだ。そんな中、彼女の一言によって、彼は大きく揺さぶられ、蘇った記憶の再構築が『真夜中乙女戦争』なのだと。前に聞いた話と全然違ってすごいプライベートな理由だなと思いつつ、なんか良いなあと、僕は羨ましい気持ちでその話を聞いていた。

そして三回目は、映画のプロモーションで、監督×原作者の対談をした時だ。Fさんは「編集者に恋愛小説を書いて欲しいとお願いされ、自分が書きたいものをいろいろ提案したら、そういう要素は入れないで欲しいと編集者から突っぱねられたので、逆にその要素を全部入れてみたら、『真夜中乙女戦争』になった」と言う。その要素とは主に、テロ、爆破など、作中に描かれている秘密組織に関する部分だ。そんなあまのじゃくみたいな理由でここまでやるなんて、この人はなんて罪深い人だ、と話を聞きながら多分僕はその時笑っていた。

どれも全然違う理由だが、どれも本当なのだろう。この話を三つ並べれば、それぞれ私、先輩、黒服が、物語の中に現れた理由になるのは、明らかだ。

ただそれだけでは、この『真夜中乙女戦争』という独自性に溢れた小説が生まれた背景を説明しきるに十分でない。僕は、Fさんが作り出す唯一無二の文体にも強く惹かれたからだ。

Fさんの文章は、すべてスマホで書かれているらしい。確かにご自宅のデスクの上にあったノートPCに使われている気配はなかった。しかも、執筆の速さは編集者も思わず唸る驚異的なスピードだという。つまり、Fさんの生活のほとんどがインプットの時間に割かれている。いろんなところに出向き、いろんな人の話を聞き、共感し、驚き、学ぶ。そうしているうちに、徐々に物語の輪郭が浮かび上がり、やがて〝その日〟が来る。その日が来たら最後、多分Fさんの親指は、世界中の誰よりも速く動く。あのパワフルな文章はそうやって生まれているのだ。

彼の書く世界の中では、箸休めにしては濃密なギャグも、本筋に関係ない有益なプチ情報も、物語を動かす重要な出来事と平等に語られていく。一見、不親切に聞こえるかもしれないが、これが読んでいて気持ちが良い。ふとした一文で、その後の物語を左右するような重大な事実が明かされる。だから、油断出来ないと必死に文字を追い、その能動性がライブ感を生み、物語が大きく躍動する。

一例だが、黒服が登場し、まだ彼の素性が分からない中で、その人となりを説明するところで、はじめに断定されるのが、盗んだバイクで東京の街をぶっ飛ばした彼が、実は免許を持っていなかったという事実。それだけで読者は「とんでもない！」となるのに、「そのついでに説明すると～」的な補足が、そのあと数ページに亘って展開される。補足の説明に補足の説明をどんどん重ねていくのだが、なぜかその度に提示される情報のスケールが大きくなっていく。そして、ついには彼が、その気を出したら簡単に世界を変えられるほどの力を秘めた、日常に退屈している危険なカリスマだということが分かる。その事実を知るときには、はじめに明かされた彼に免許がなかったことなど、もはやどうでも良くなっているのだ。

この「ついでに戦法」（勝手に命名、失礼します）にも分かるように、Fさんは、強烈なパッションを持ちながら、同時に実は順番を熟知している作家なのだ。もしくはそれをナチュラルボーンで出来る人。だから、アクロバティックな技が連発され、読者は踊り、好奇心は刺激され続け、どんどんページをめくる。気付けば、最後の一文にノックアウトされ、興奮覚めやらぬうちに読破してしまっているのだ。

この小説の映画化が決まり、監督することになった僕は、脚本に起こすため、純粋な読者とは多分また違った目線で、この本を読み解き続けた身だ。そんな作業の工程の中で読み直すたびに、この物語が毎度変化して見えたことについても触れたい。読むたび、心に響いて線を引く一文、テーマに関わる重要な部分だと思えるところ、そして全体を通してこれは何の話なのかという問い、いろんなことが僕の脳内で変化し続けた。掴めそうで、掴めない。結局、今までの執筆作業の中で断トツに時間がかかったし、改稿も重ねることになった。しかも、それは微調整ではなく、話そのものをゼロから解体するものも少なくなかった。つまり、僕は「真夜中乙女戦争」という全く違う長編映画を何本も構想したのだ。なぜそこまでこの物語は僕の手を止めなかったのか。その真相は自分でも分かっていないが、先ほども述べたように、Fさんは物語の順番を熟知している作家だ。つまり、見せることと隠すことの選別においても天才的なのだ。全部言っているようで、何も言ってない。何も言ってないようで、全部を言っている。この矛盾のループから明確なことを抽出するのは至難の業だ。僕は、永遠に続く執筆作業の中で、終盤はこの物語に現代における新たな神話のような強度と畏敬の念すら感じ始めていた。こう書いて、どのように感じるか分からないが、僕にはそれが本当に刺激的で楽しい作業だったことは強調したい。

そんな長い行程を経て完成した映画は、原作と異なる独自の展開が多い。それらは原作の中にあった感情を、映画にどう描き出すか、考え続け、この数年で大きく変わった世界を見つめながら、出来上がったものだ。だから、『真夜中乙女戦争』の小説と映画は、同じものとも、別物とも割り切ることが出来ると思う。双方に共通して描かれたことが「永遠」ならば、どちらかにしか描かれなかったことは「時代」であろう。二つを堪能(たんのう)した人は、いろんな考えを張り巡らせながら、ぜひ心ゆくまで楽しんで欲しい。

最後に、Ｆさんが F さんにしか出来ない業で『真夜中乙女戦争』を生み出したことへの敬意を作品で伝えられるよう、僕は自分にしか出来ないことは何かという問いを持ち、『真夜中乙女戦争』の映画化に挑んだ。人々も、世界も、あらゆる可能性を秘めながら、常に変動し続けている。その様相は、私たちに通底しているちっぽけな常識では、到底捉えられるものではない。この作品の中に、そんな〝ゆらぎ〟を封じ込めたかった。本当に素敵で忘れがたい旅路になった。そのすべてが僕の人生の宝物だ。この出会いに心から感謝しています。

本書は、二〇一八年四月に小社より刊行された
単行本を文庫化したものです。

真夜中乙女戦争

F

令和3年 11月25日　初版発行
令和6年 9月5日　9版発行

発行者●山下直久

発行●株式会社KADOKAWA
〒102-8177　東京都千代田区富士見2-13-3
電話　0570-002-301（ナビダイヤル）

角川文庫 22911

印刷所●株式会社暁印刷
製本所●本間製本株式会社

表紙画●和田三造

●お問い合わせ
https://www.kadokawa.co.jp/（「お問い合わせ」へお進みください）
※内容によっては、お答えできない場合があります。
※サポートは日本国内のみとさせていただきます。
※Japanese text only

ISBN 978-4-04-111901-3　C0193

◇◇◇

角川文庫発刊に際して

角川源義

　第二次世界大戦の敗北は、軍事力の敗北であった以上に、私たちの若い文化力の敗退であった。私たちの文化が戦争に対して如何に無力であり、単なるあだ花に過ぎなかったかを、私たちは身を以て体験し痛感した。西洋近代文化の摂取にとって、明治以後八十年の歳月は決して短かすぎたとは言えない。にもかかわらず、近代文化の伝統を確立し、自由な批判と柔軟な良識に富む文化層として自らを形成することに私たちは失敗して来た。そしてこれは、各層への文化の普及滲透を任務とする出版人の責任でもあった。

　一九四五年以来、私たちは再び振出しに戻り、第一歩から踏み出すことを余儀なくされた。これは大きな不幸ではあるが、反面、これまでの混沌・未熟・歪曲の中にあった我が国の文化に秩序と確たる基礎を齎らすためには絶好の機会でもある。角川書店は、このような祖国の文化的危機にあたり、微力をも顧みず再建の礎石たるべき抱負と決意とをもって出発したが、ここに創立以来の念願を果すべく角川文庫を発刊する。これまで刊行されたあらゆる全集叢書文庫類の長所と短所とを検討し、古今東西の不朽の典籍を、良心的編集のもとに、廉価に、そして書架にふさわしい美本として、多くのひとびとに提供しようとする。しかし私たちは徒らに百科全書的な知識のジレッタントを作ることを目的とせず、あくまで祖国の文化に秩序と再建への道を示し、この文庫を角川書店の栄ある事業として、今後永久に継続発展せしめ、学芸と教養との殿堂として大成せんことを期したい。多くの読書子の愛情ある忠言と支持とによって、この希望と抱負とを完遂せしめられんことを願う。

一九四九年五月三日